Dans les bras de mon rival

MELANIE MILBURNE

Dans les bras de mon rival

Traduction française de
SANDRINE JEHANNO

AZUR

HARLEQUIN

Collection : Azur

Titre original :
ONE NIGHT IN MY RIVAL'S BED

HARPERCOLLINS FRANCE
83-85, boulevard Vincent-Auriol, 75646 PARIS CEDEX 13
Service Clients — www.harlequin.fr
ISBN 978-2-2805-0169-9 — ISSN 0993-4448

Édité par HarperCollins France.
Composition et mise en pages Nord Compo.
Imprimé en mars 2024 par CPI Black Print (Barcelone)
en utilisant 100% d'électricité renouvelable.
Dépôt légal : avril 2024.

FSC www.fsc.org MIXTE Papier issu de sources responsables FSC® C159065

Pour limiter l'empreinte environnementale de ses livres, HarperCollins France s'engage à n'utiliser que du papier fabriqué à partir de bois provenant de forêts gérées durablement et de manière responsable.

Die solchermaßen abgewehrte Identifikation mit dem Vater und entsprechend die kritiklos hingenommene Beziehung zur Mutter verringerten seine Erfahrungsmöglichkeiten in menschlichen Bindungen. Die daraus resultierende Konturlosigkeit der Persönlichkeit ist Ausdruck der fehlenden Autonomieentwicklung und des labilen Selbstwertgefühls. Entsprechend problematisch gestalteten sich Studium und Berufsfindung trotz vorhandener Begabungen und seiner hervorragenden intellektuellen Ausstattung.
Auch die Entwicklung von geschlechtlicher Identität und die Partnerbindungen verweisen auf Frühstörungen, so daß nur kurzfristige, häufig wechselnde Beziehungen möglich waren.
Sexualität war von Anfang an ein Bereich, den er heimlich für sich reservierte. Um sich vor der Mutter nicht zu blamieren, lernte er früh, sexuelle Faszination zu verheimlichen.
In der Pubertät masturbierte er täglich mit sexuellen Phantasien und Tagträumereien und hatte dann ein diffus schlechtes Gewissen der praktischen, tüchtigen Mutter gegenüber. Im Kontakt mit Mädchen war er schüchtern. Die ersten sexuellen Erfahrungen erlebte er ausschließlich mit Haushaltshilfen im mütterlichen Betrieb, ohne jedoch die Aufmerksamkeit der Mutter damit zu erreichen.
Eine der Voraussetzungen für die Entwicklung von Selbstwertgefühl und geschlechtlicher Identität, um angstfreie Beziehungen zu ermöglichen, ist eine geglückte Loslösung aus der mütterlichen Symbiose mit gleichzeitiger Aufgabe der primären Identifikation mit der Mutter. Für diesen Trennungsschritt ist Aggression nötig, die dann zu der Fähigkeit wird, initiativ und unabhängig zu sein. Wenn dieser Schritt nicht gelingt, kann die Aggression nur zerstörerisch wirken und sich in depressiven Reaktionen oder in unkontrol-

nisintern fast zwei Jahre als Hilfskraft für den Anstaltspfarrer gearbeitet. Die dort geführten Gespräche mit dem Geistlichen wirkten sich äußerst positiv auf seine Befindlichkeit aus. Seine ursprünglich rein passive Therapiemotivation hatte sich kontinuierlich verändert, so daß nun die neugewonnenen Lebenserfahrungen für bessere Introspektionsfähigkeit und Krankheitseinsicht nutzbar wurden. Der Gefangene ist mittlerweile imstande, psychodynamische Einsichten und Integration bisher abgespaltener Persönlichkeitsanteile erfahrbar zu machen.
Außerdem spricht die körperliche Gesundheit, die durch sportlich intensives Training erreicht wurde, für seine Bereitschaft, die derzeitige Lebens- und Leidenssituation zu verändern.
Es wurden zehn Sitzungen vereinbart, um ausführliche und sozialtherapeutisch wirksame Gespräche zur Anamnese und Problemdeskription zu führen.

Psychodynamik: Bereits in früher Kindheit erlebte der Patient, daß die Ehe seiner Eltern spannungsvoll und problematisch war. Der Vater war häufig abwesend. Die Beziehung zur Mutter wurde früh zur einzigen Erfahrung einer Bindung. Nach der endgültigen Trennung der Eltern zog die Mutter mit dem Sohn zu ihrer Mutter. Die beiden Frauen lebten und arbeiteten im eigenen Haus mit dem dazugehörigen Café und waren dadurch sehr beschäftigt. Der Patient verlebte daher Kindheit und Jugend mit sehr viel Freiraum.
Den schmerzlichen Verlust des Vaters verarbeitete der Sohn intellektuell durch die Erkenntnis, daß Vaterschaft sich durch aktive Beziehungsgestaltung beweisen müßte, (»Mit dem Vater hatten wir nie etwas zu tun«).

1

Je me dirigeai vers l'un des hôtels branchés de Londres où devait déjà m'attendre ma petite sœur. Niamh m'avait demandé de la rejoindre après le travail pour un cocktail avec elle. Pour un œil extérieur, il n'y avait rien d'extraordinaire à ce que deux sœurs se retrouvent pour passer un moment ensemble. C'était une scène somme toute banale. Pourtant, je me sentais emplie de gratitude et j'avais conscience de la chaîne de petits miracles à l'œuvre dans nos vies. Niamh était là avec moi, elle s'était occupée de nous réserver une table et elle s'y était rendue seule, de son côté, sans l'aide de personne.

Je jetai un coup d'œil à ma montre au moment de pénétrer dans l'établissement. Et j'étais plus ou moins à l'heure. C'était miraculeux aussi !

J'étais d'ordinaire très à cheval sur la ponctualité, mais j'avais été retenue par mon dernier client de la journée. Pas de mauvais esprit ! J'étais architecte et le client en question, qui avait quatre-vingts ans, avait souhaité me faire part de quelques modifications qu'il tenait à apporter aux plans de sa luxueuse villa en Italie qu'il faisait construire pour ses petits-enfants. Les veinards... La seule chose que m'avaient laissée mes grands-parents paternels, c'était de la frustration. Bref...

Je repérai Niamh, installée sur la mezzanine en verre

et laiton. Elle disparaissait presque sous les magnifiques compositions florales fraîches. Nous étions en juin, mais c'étaient les premières vraies notes estivales. On aurait dit que l'été s'était engouffré à l'intérieur pour fuir la pluie qui tombait sans discontinuer depuis vingt-deux jours.

Je m'avançai entre les tables vers la mezzanine. Je me rapprochai quand mon cœur rata un battement. Niamh n'était pas seule. Un jeune homme séduisant était près d'elle, assis dans un fauteuil roulant. Il me disait vaguement quelque chose et je plissai les yeux, sondant ma mémoire pour le remettre. Ils se couvaient des yeux, indifférents à ce qui les entourait, comme si le monde autour d'eux avait cessé d'exister. Houlà ! Ils se tenaient même les mains.

Niamh leva les yeux et m'aperçut. Son visage s'éclaira et elle me fit signe.

— Ash ! Je veux te présenter Ethan Barlowe. On attend son grand frère, Grayson. Il doit venir aussi.

Grayson Barlowe ? Je franchis les derniers pas qui me séparaient d'elle en mode automatique, un sourire plaqué sur les lèvres, appréhendant soudain le pire. Barlowe, c'était un nom plutôt courant, mais... non, le frère de ce garçon ne pouvait pas être... ? Je déglutis péniblement comme si une boule de fourrure s'était logée dans ma gorge et observai plus attentivement Ethan, passant de ses cheveux d'un noir presque brillant à ses yeux gris-bleu. Si l'on faisait abstraction des ridules du sourire, ce que j'avais rarement vu Grayson Barlowe faire, l'air de famille était indéniable.

— Ravie de vous rencontrer, Ethan, dis-je en lui tendant la main.

Il y eut un petit flottement, puis il leva sa main gauche et je réalisai dans le même temps que l'autre reposait mollement sur sa cuisse et que le fauteuil était motorisé.

— Je suis heureux de… v-vous rencontrer aussi, Ash. Niamh m'a t-tellement parlé de v-vous.

Je notai sa façon de trébucher sur les mots en marquant une légère pause comme si trouver le bon mot lui demandait un effort de concentration. Je n'étais pas neurologue, mais après vingt ans passés auprès de ma sœur, je savais reconnaître quand des lésions cérébrales affectaient le fonctionnement d'une personne.

Je sentis quelqu'un approcher, le pas légèrement inégal. Je n'eus pas besoin de me tourner pour savoir de qui il s'agissait. Un frisson courut le long de mon dos et une sensation de froid glissa sur ma nuque. Un effluve de parfum m'enveloppa, affolant mon cœur. C'était celui de Grayson Barlowe. Je le savais parce que je l'avais déjà senti. Pas plus tard qu'il y avait trois mois, lors des trophées de l'Architecture. Il m'avait gâché ce qui devait être mon moment en me soufflant sous le nez le prix le plus prestigieux pour lequel nous étions tous les deux nominés et que j'étais persuadée de remporter. Je ne péchais pas par excès de confiance d'habitude et je n'étais pas non plus du genre à vendre la peau de l'ours avant de l'avoir tué, mais j'avais eu la faiblesse de croire mes collègues qui n'avaient cessé de me dire que ce prix ne pouvait pas m'échapper.

Mais qu'y avait-il d'étonnant ? C'était un Barlowe ! Et moi, j'étais une Clancy. Il n'y avait jamais rien eu à attendre d'un Barlowe. J'avais plus qu'une dent contre lui et entre nous, cela ne se résumait pas à une simple rivalité professionnelle. La discorde avait commencé par son grand-père et mon père qui s'étaient opposés tout au long de leur carrière jusqu'à leur mort. Et le sale coup que le premier avait fait au second n'était pas étranger à la discorde.

Je ne niais néanmoins pas le talent et le génie créatif de l'homme, qui collectionnait les récompenses et affichait un succès insolent. Même avec les femmes. Il lui suffisait d'en regarder une pour qu'elle lui tombe dans les bras. Heureusement pour moi, j'étais totalement immunisée contre son charme.

— Grayson, l'interpella Ethan avec un large sourire. Viens faire la connaissance de... ma fiancée.

— Fiancée ? Grayson Barlowe et moi nous exclamâmes en chœur.

Enfin, lui le dit d'une voix profonde, avec ce grain râpeux follement sexy et moi je couinai comme ces jouets en plastique quand on marchait dessus.

Avec un large sourire, Niamh leva sa main, exhibant une bague de fiançailles hors de prix dont la brillance rivalisait avec l'éclat dans ses yeux.

— Ethan m'a fait sa demande et j'ai dit oui. On voulait fêter nos fiançailles ce soir avec vous.

Je restai sans voix. Trop d'infos à traiter d'un seul coup. Et la présence de Grayson Barlowe tout près de moi ne m'aidait pas à garder la tête froide. Ses tempes striées de fils argentés ajoutaient à sa prestance et son pouvoir de séduction. Il dégageait une impression de sophistication, renforcée par ses chaussures en cuir italien et son costume gris anthracite qui soulignait sa large carrure et ses longues jambes.

Ses yeux bleus me pénétrèrent, directs et inflexibles.

— Vous étiez au courant ? s'enquit-il d'un ton accusateur.

— Non. Et vous ? rétorquai-je, piquée au vif.

Ses lèvres prirent un pli dur.

— Bien sûr que non.

Il se tourna vers son frère, les sourcils froncés.

— Depuis quand vous connaissez-vous ?

— Six semaines, lâcha Ethan avec défiance.

— Six semaines ! nous nous écriâmes, lui et moi, encore à l'unisson.

Cette fois, ma voix tenait du couinement indigné du chat à qui on venait de marcher sur la queue.

Je regardai Niamh.

— Ce n'est pas un peu rapide pour décréter que c'est le grand amour ?

Ma sœur leva le menton, sur la défensive.

— On l'a su à l'instant où on s'est vus à la gym. Je croyais que tu serais heureuse pour moi, Ash. Ethan est si bon et gentil et...

— Riche ? la coupa Grayson avec une inflexion cynique qui me donna envie de le frapper.

Je n'étais pourtant pas une adepte de la violence sous toutes ses formes, mais il ne fallait pas toucher à ma sœur. Comment pouvait-il la faire passer pour une vulgaire croqueuse de diamants ? Il ne la connaissait même pas. Je me tournai vers lui, l'incendiant du regard.

— Comment osez-vous ?

— Venez avec moi, dit-il en faisant un mouvement de la tête en direction de la sortie. J'ai besoin de vous parler en privé.

J'imaginai brièvement sa tête si je lui disais non. Y avait-il une femme sur cette planète qui pouvait dire non à Grayson Barlowe ? Je finis par hocher la tête. Il avait raison, on devait se parler sans Niamh et Ethan. On ne pouvait pas aimer quelqu'un après seulement six semaines. C'était ridicule. Ma sœur était trop confiante. C'était un petit esprit candide, qui ne voyait le mal nulle part. J'avais laissé passer trois ans avant d'accepter de me fiancer à Ryan. (Et ça ne s'était pas mieux terminé pour autant...)

Grayson m'entraîna de l'autre côté de l'hôtel jusqu'à un petit salon privé avec ses deux canapés en velours moelleux. Les fenêtres étaient habillées de longs rideaux de soie ornés d'un bandeau d'inspiration cantonnières. Le tapis de la même nuance rose coquillage était tissé à la main et donnait envie de retirer ses chaussures pour y marcher pieds nus. Un bureau ancien d'un côté de la pièce, une bibliothèque de l'autre. L'ensemble était féminin, à l'exception de la statue en marbre du fondateur de l'hôtel, près de la fenêtre. Le portrait d'un homme à l'air sévère accroché sur l'un des murs. Mal à l'aise, j'eus la sensation qu'il nous fixait de ses petits yeux perçants comme s'il était mécontent que l'on vienne troubler sa tranquillité.

Je tressaillis malgré moi en entendant la porte se refermer avec un petit cliquetis. Il me dévisagea, vibrant de tension contenue, et je parvins, non sans fierté, à soutenir son regard sans ciller. Les poings serrés, le dos aussi raide qu'un piquet, le menton levé – un peu forcée si je voulais garder le contact visuel avec lui. Grayson Barlowe était grand. Il mesurait plus d'un mètre quatre-vingts, et même si j'avais été juchée sur des talons, cela n'aurait pas changé grand-chose.

— On doit mettre un terme à cette folie vite fait bien fait.

N'empêche qu'à cet instant, même si j'étais d'accord avec lui dans le fond, je rechignai à être de son côté.

— Que comptez-vous leur opposer ? dis-je d'un ton acide, me faisant malgré moi l'avocat du diable. Ils sont adultes tous les deux.

Il fronça les sourcils.

— La plastique de votre sœur a clairement fait tourner la tête de mon frère. Pense-t-elle avoir décroché le gros lot avec un homme assez riche pour prendre soin d'elle ?

Ma sœur était ravissante et attirait les regards, mais pas que... Elle était aussi belle à l'intérieur et c'était profondément insultant qu'il ne s'arrête qu'au physique.

— On est au XXIe siècle ! Les femmes n'ont pas besoin qu'on prenne soin d'elle.

Ce qui ne m'empêchait pas de rêver parfois à un homme aux épaules larges pour poser ma tête. Un homme qui me défendrait, se tiendrait à mes côtés, m'encouragerait. Qui m'aimerait avec mes qualités et mes défauts. Soupir.

Sa bouche prit un pli plus dur.

— Je ne laisserai pas mon frère se faire à nouveau avoir par une fille vénale.

— Ma Niamh est à mille lieues de ces basses considérations.

Et il aurait tôt fait de le réaliser. Niamh avait un handicap invisible, mais il suffisait de passer un peu de temps avec elle pour comprendre qu'elle souffrait de troubles neurologiques. Elle avait vingt-sept ans et une capacité de lecture d'une enfant de huit ans, faisait des calculs simples et son déficit de mémoire lui compliquait beaucoup la vie. Les tâches complexes pouvaient facilement la submerger. Son auxiliaire de vie l'aidait beaucoup, et j'étais bien sûr derrière elle. Depuis la mort de notre mère, trois ans plus tôt, c'était Niamh et moi contre le reste du monde, et le monde n'était pas toujours tendre pour les personnes qui souffraient de lésions cérébrales, à la suite d'un traumatisme crânien. Et pour leurs aidants.

— Votre sœur fait quoi exactement dans la vie ?

— Elle n'a pas d'emploi à temps plein... pour l'instant. Elle fait du bénévolat dans un refuge pour animaux.

Je m'humectai nerveusement les lèvres et ajoutai :

— Et votre frère ?

Son regard s'assombrit en suivant le mouvement de ma langue. Il cligna rapidement des yeux et son visage se vida de toute expression avec la rapidité d'un tombé de rideau.

— Il travaille pour moi à temps partiel.

Peu de mots et toute une réalité que je devinais parce qu'elle faisait résonance en moi, avec ma propre sœur. Le regret, la culpabilité, la douleur et le désespoir silencieux, il y avait tout ça dans la réponse de Grayson.

Il fronça à nouveau les sourcils.

— Est-ce que ça va ?

Un afflux de larmes me prit en traître et je cillai à mon tour pour les contenir. C'était son regard pénétrant qui me fragilisait. Ou un trop-plein d'émotions… Des émotions que j'avais enfouies si profondément en moi que j'avais presque oublié qu'elles étaient là.

Ma petite sœur voulait se marier et je ne pouvais pas la laisser faire. En tout cas, pas si vite. Pas avant d'être sûre qu'elle avait bien conscience de ce qu'elle faisait.

Je passai une main impatiente sur mes yeux.

— Pardon, ce sont toutes ces fleurs fraîches dans le restaurant… J'ai le rhume des foins.

Grayson plongea sa main dans la poche de sa veste et en sortit un mouchoir plié qu'il me tendit. Je regardai fixement le tissu repassé de près et d'une blancheur immaculée comme si je n'en avais jamais vu avant. En tout cas, ça datait ! C'était comme regarder un objet en voie d'extinction. Était-ce sa façon de marquer son attachement aux valeurs traditionnelles ? À moins que ce ne soit sa contribution à la sauvegarde de l'environnement.

— Prenez-le.

J'allais refuser, par principe et en réaction à son ton de commandement, et me ravisai dans l'instant en évaluant mentalement le contenu de mon sac. Tampons, pastilles à la menthe pour l'haleine, baume à lèvres, paracétamol, gel hydroalcoolique, cartes de visite professionnelles haut de gamme qui m'avaient coûté un bras… mais pas de mouchoirs en papier. J'avais donné mon dernier paquet à Niamh deux jours plus tôt quand elle avait saigné du nez.

Je lui pris le mouchoir des mains, traversée par une décharge électrique au moment où nos doigts s'effleurèrent. Je m'empressai de tamponner mes yeux. Devais-je me moucher pour faire plus vrai ? Non... Autant éviter le bruit d'une corne de brume.

Une odeur de lessive et d'after-shave – mélange séduisant de bergamote et d'agrume – me chatouilla agréablement les narines. Je baissai le bras et me mis à triturer nerveusement le mouchoir. Je devais occuper mes mains, ou je risquais de faire quelque chose de regrettable comme de laisser courir mes doigts sur sa mâchoire ciselée, ombrée d'un début de barbe ou suivre le contour de sa bouche. Le créateur ne s'était pas moqué de lui et n'avait pas dû compter son temps pour façonner la courbe pleine et sensuelle de sa lèvre inférieure. C'était une bouche faite pour embrasser et qui laissait deviner une nature passionnée.

— Je vais le laver avant de vous le rendre, dis-je en fourrant le mouchoir dans mon sac cabas.

— Gardez-le.

Je répondis d'un petit haussement d'épaules, mais je comptais bien le lui rendre. C'était une question de bonnes manières. Et en parlant de bonnes manières... Que faisions-nous derrière cette porte fermée, à parler de Niamh et Ethan dans leur dos alors qu'ils nous avaient fait venir dans cet endroit merveilleux rempli de fleurs fraîches pour fêter leurs fiançailles et lever nos verres à leur bonheur ?

— Alors que faire concernant ces fiançailles ?

— Y mettre un terme, voilà tout.

— Et comment allez-vous vous y prendre ?

Il souffla, les narines frémissantes, pareil à un étalon pur-sang prêt à se battre pour son territoire.

— Je vais lui parler et lui faire entendre raison.

— Eh bien, bonne chance, rétorquai-je avec un sourire en coin. Il semble très épris de ma sœur.

— Vous ne pouvez pas croire sérieusement que c'est de l'amour ?

— Peut-être qu'ils se plaisent simplement. C'est juste charnel. Du désir entre eux.

Je sentis le rouge me monter aux joues. C'était comme si je venais d'ouvrir la boîte de Pandore, et j'avais mis le pied dans un monde d'érotisme et de transgression, juste en prononçant le mot désir.

Sous le feu de son regard, je sentis mon corps réagir instinctivement. Mon ventre se serra et la pointe de mes seins durcit. Pas sûre qu'un homme m'avait un jour regardée avec une telle intensité. Ses yeux mi-clos glissèrent vers ma bouche... La tension était tellement forte entre nous et l'air si électrique qu'il aurait suffi d'une allumette pour déclencher un brasier.

Grayson plissa les yeux, parut déglutir.

— Quoi qu'ils ressentent à cet instant, je sais que ça ne durera pas.

— Vous ne croyez pas en l'amour ni à l'âme sœur ?

— Et vous ?

Je me retins de lever les yeux au ciel, mais ça m'agaçait vraiment quand les gens répondaient à une question par une question. Quelque chose me disait que Grayson excellait pour botter en touche. C'était le genre d'hommes qui ne se dévoilait pas, ou peu. J'esquissai un sourire crispé qui ne laissait pas voir le magnifique travail de mon orthodontiste sur ma dentition.

— Certaines personnes ont de la chance.

Son regard s'attarda sur ma main gauche.

— Ça n'a pas été votre cas ?

Voilà encore un autre truc qui me dépassait. Tout le petit

milieu des architectes était-il donc au courant de mes fiançailles rompues ? J'avais sans doute prêté le flanc aux commérages en annulant le mariage à quelques jours seulement de la cérémonie. J'avais moi-même créé le scandale.

— Disons que j'ai mis fin à une mauvaise alliance.

Grayson laissa échapper un petit bruit de gorge que je ne décryptai pas. Il se tenait à presque un mètre de moi, pourtant je me sentais submergée par la force, la puissance dominatrice qu'il dégageait. Mon cœur se mit à battre plus vite et je sentis mon sexe se contracter et le sang affluer dans cette partie de mon anatomie que j'avais négligée ces dernières années. Et à laquelle je ne voulais pas penser maintenant.

Depuis ma rupture, je n'avais pas même ressenti une étincelle de désir... jusqu'à maintenant. Mais qu'est-ce que j'avais dans la tête ? Fricoter avec le petit-fils de l'ennemi était inenvisageable. Et puis, j'avais d'autres choses à penser avec ma sœur et son... euh... fiancé.

Grayson posa les mains sur le dossier du canapé derrière lequel il se tenait et me regarda droit dans les yeux.

— Sommes-nous sur la même longueur d'onde ? On veut que mon frère et votre sœur reviennent sur cette idée de fiançailles ?

— Et comment suggérez-vous qu'on s'y prenne ?

J'avais conscience de ne pas vraiment répondre à sa question, mais je ne voulais rien faire qui blesserait ma sœur. Niamh se croyait follement amoureuse. Elle était aux anges avec son gros caillou à l'annulaire. Elle rêvait du coup de foudre depuis toute petite. Ce n'était pas parce qu'elle était une enfant à bien des égards qu'elle ne serait pas dévastée si Grayson et moi la forcions à renoncer à son conte de fées avec Ethan.

De quel droit briserais-je sa première relation ? J'étais déjà responsable de son état, je ne voulais pas en plus devenir la fossoyeuse de son bonheur. Elle méritait plus que n'importe qui d'être aimée. Ethan semblait épris, mais je ne le connaissais pas, au fond. Et si pour lui ce n'était qu'une passade, un amusement le temps que ça durerait ? Je devrais alors ramasser ma petite sœur à la petite cuillère.

J'avais vu ma mère sombrer après le suicide de mon père. Leur mariage n'avait pourtant pas été un long fleuve tranquille et les crises étaient nombreuses. Elle reprenait le dessus quand Niamh avait eu son accident. Perdre son mari et voir son enfant préférée gravement blessée en l'espace de deux ans, cela faisait beaucoup pour une même personne. Et moi, j'avais dû grandir très vite.

La voix de Grayson me tira de mes pensées douloureuses.

— On s'assoit avec eux et on leur met les yeux en face des trous !

On ? La seule idée de faire équipe avec lui me remua jusqu'au creux du ventre. Les jambes soudain chancelantes, je me laissai tomber sur le sofa.

— C'est-à-dire ?

Ses yeux prirent un éclat froid.

— Mon frère a un fonds fiduciaire que lui a laissé notre grand-père à sa mort.

Je levai instinctivement le menton.

— Et ?

— Je ne veux pas qu'une belle fille joue avec ses sentiments. Ce ne serait pas la première fois...

Mon sang ne fit qu'un tour.

— Ma sœur n'est pas du genre à être influencée ni même impressionnée par un compte en banque, m'insurgeai-je. Elle n'est pas du tout matérialiste.

Ni moi, d'ailleurs...

— Il est évident qu'Ethan s'est laissé prendre par ses yeux de biche, lâcha Grayson en s'éloignant du sofa.

Il serrait et desserrait le poing, comme s'il cherchait à relâcher un peu de la tension qui l'habitait.

— À aucun moment, il n'a mentionné qu'il voyait quelqu'un et tout d'un coup il est fiancé ? Elle a dû lui faire promettre de garder leur relation secrète.

Je ne le lui faisais pas dire ! Niamh me racontait toujours tout... Alors pourquoi ne m'avait-elle pas parlé d'Ethan ? Et il commençait vraiment à m'agacer avec ses insinuations désagréables sur ma sœur.

— Écoutez, je ne connais pas l'étendue exacte des handicaps de votre frère, dis-je en prenant sur moi. Mais je pense qu'on devrait avoir une discussion franche avec eux avant tout autre chose.

— Ils ne peuvent pas se marier. Je ferai tout ce qui est en mon pouvoir pour l'empêcher.

Prodigieusement agacée, je me levai du sofa et lui décochai un regard noir.

— Vous savez que les sentiments, ça ne se commande pas. Et vous ne croyez peut-être pas non plus au coup de foudre ?

Il esquissa un sourire en coin qui aurait pu avoir toute sa place dans le manuel du parfait play-boy.

— Non. Mais à l'attirance sexuelle, si, lâcha-t-il négligemment, les yeux posés sur mes lèvres.

J'eus soudain du mal à respirer comme si je ne savais plus comment mobiliser mes poumons. Niamh me disait toujours qu'elle voudrait bien avoir ma bouche, qu'elle la trouvait jolie, comme mes yeux vert-gris. Je ne la prenais pas au sérieux, mais avec Grayson qui la dévorait des yeux, je n'étais pas loin de la croire.

Soudain, comme si quelqu'un claquait des doigts, le charme se rompit, il tourna les yeux vers la porte.

— Nous ferions mieux de les rejoindre.

Il la tint ouverte pour moi. Je passai devant lui. Sa chaleur et son after-shave aux notes de citron et bergamote m'enveloppèrent, étrangement apaisants. J'avais conscience de notre différence de taille, de son regard pénétrant qui suivait chacun de mes mouvements et me faisait me sentir terriblement plus féminine, plus gracieuse et... désirable.

C'était moi qui avais besoin qu'on me remette les idées en place.

2

À notre retour dans le restaurant, Niamh et Ethan n'étaient plus à leur table, qui était occupée par un groupe de personnes. Je balayai la salle du regard, sans les repérer.

Je me tournai vers Grayson, prise de panique.

— Où sont-ils passés ?

Il laissa échapper un juron.

— Ils n'ont pas pu aller bien loin. Attendez ici. Je vais demander au personnel.

J'obtempérai sans piper mot, cette fois. L'expression ombrageuse de Grayson ne me donnait pas envie de le chercher. Qui allait embêter un lion qui tapait le sol de la queue ? Personne.

Mais rien ne m'empêchait de faire mes propres recherches. Je sortis mon téléphone de mon sac, ouvris l'application de géolocalisation. Elle n'apparaissait nulle part. Avait-elle éteint son téléphone ? Avait-elle désactivé l'application pour m'empêcher de la localiser ? Je n'avais même pas réalisé qu'elle savait le faire. Ethan l'avait-il fait pour elle ? Ma sœur pouvait être impulsive parfois, une séquelle de l'accident, mais jusqu'à présent, j'avais toujours réussi à la canaliser.

Comment pouvais-je la protéger si elle se cachait de moi ?

Grayson réapparut, le visage encore plus fermé.

— Ils ont quitté le restaurant. Bon sang ! J'aurais dû m'en douter.

L'adrénaline pulsait dans mon organisme et mon cœur cognait contre ma cage thoracique comme s'il cherchait à s'en échapper.

— On ne s'est pas absentés longtemps. Est-ce qu'Ethan est assez autonome pour conduire ? Est-ce qu'ils sont venus en taxi ?

Bien sûr, j'avais entendu parler du grave accident que les deux frères avaient eu quand Ethan était encore adolescent. Quelqu'un en avait même parlé devant moi, lors d'une conférence sur l'architecture à laquelle je participais, sans trop entrer dans les détails. Je n'avais pas posé de questions, mais d'après ce que je savais, c'était le cadet qui était au volant.

— Non, il ne conduit plus. Et votre sœur ?

— Non. Elle prend les transports en commun, mais généralement je la conduis où elle veut. Moi, ou son auxiliaire de vie.

Grayson me regarda en faisant une drôle de tête.

— Elle a une auxiliaire de vie ?

— Oui, mais pas à plein temps.

— Je n'avais pas compris qu'elle souffrait d'un handicap.

— Ça ne se voit pas au premier coup d'œil. Elle a eu une lésion au cerveau à la suite d'un accident quand elle avait sept ans.

— Je suis désolé, dit-il d'une voix éraillée. J'ai cru que c'était encore une jeune femme intéressée.

— Niamh vous a dit qu'elle avait rencontré votre frère à la gym. C'est un centre spécialisé avec des cours adaptés selon les profils des clients.

— J'ai pensé qu'elle faisait partie du personnel, une assistante de vie ou un coach sportif. Ethan a été mené en bateau par une auxiliaire de vie, il y a deux ans. Il était convaincu que c'était sérieux. J'ai tout de suite su qu'elle le voyait surtout comme un moyen de se mettre à l'abri financièrement, alors pour nous épargner une procédure de divorce coûteuse et douloureuse à très court terme, je lui ai proposé de l'argent qu'elle a accepté.

— Comment Ethan l'a-t-il pris ?

— Pas bien du tout. Il a été dévasté.

— Je suis désolée de l'entendre, mais je peux vous assurer que Niamh ne jouera pas avec les sentiments de votre frère.

— Pas si je peux l'en empêcher, en effet, dit-il avec cynisme.

Je lui jetai un regard noir, la bouche pincée.

— Oubliez ça ! Ça ne marchera pas avec elle. Vous ne pourrez pas l'acheter.

— Et vous ? lâcha-t-il avec un sourcil arqué.

Je l'observai, pas sûre de comprendre. Qu'insinuait-il ?

— Vous croyez que l'argent va tout régler ? Vous me faites un chèque et je disparais en emmenant ma sœur sous le bras ? Vous êtes complètement à côté de la plaque.

Il se rapprocha encore, me forçant à lever la tête. Mon cerveau me criait de reculer, de remettre de la distance entre lui et moi, mais mon corps refusait de bouger, comme si toutes les courroies de transmission saturées de stimuli avaient planté en même temps.

— Qui dit que vous n'êtes pas derrière tout ça ? dit-il entre ses dents. Après tout, vous auriez pu feindre la surprise, puis me retenir pour leur permettre de filer à l'anglaise.

Non, mais quelle mauvaise foi et quel cynisme ! Je me sentis soudain assaillie d'une furieuse envie de lui décocher un coup de pied bien senti dans son entrejambe, ou bien de lui sauter dessus pour lui griffer son trop beau visage et lui tirer les cheveux, puis de lui froisser sa belle chemise blanche très pro et de plaquer mes lèvres sur sa bouche.

J'inspirai par le nez, tentant de reprendre le contrôle de ma respiration, et soutins son regard, feignant un sang-froid à toute épreuve.

— Je suis dans le noir le plus complet, comme vous. Et nous perdons un temps précieux à discuter ici dans le vide.

Il soutint mon regard pendant un moment qui me parut interminable, avant de tirer sur son nœud de cravate comme s'il l'étranglait.

— Je dois trouver mon frère avant qu'il ne fasse quelque chose qu'il viendrait à regretter.

— Au moins nous vivons à Londres. À Las Vegas, un sosie d'Elvis les aurait peut-être déjà mariés.

Grayson ne parut pas goûter ma tentative d'humour. À cet instant, si ses yeux étaient des lance-flammes, je ne serais plus qu'un petit tas de braises fumantes. Déjà que j'étais proche de la combustion spontanée à son contact... Personne jamais n'avait eu un tel effet sur mes sens. J'étais quelqu'un de pragmatique, raisonnable et réfléchi, mais mon cerveau ne cessait de projeter devant mes yeux des images classées X de Grayson Barlowe et moi, nus et enlacés... de son grand corps musclé me plaquant sur le lit. À même le sol ou contre un mur...

Je me secouai mentalement. Je devais reprendre le contrôle de ma libido. Il n'était pas mon genre et je n'étais certainement pas le sien. Je n'avais rien des grandes blondes avec lesquelles il était photographié lors de soirées. Elles avaient toutes la plastique de mannequins. Certaines devaient l'être. Niamh était plus son type avec ses cheveux d'un blond polaire et sa silhouette ravissante. Je n'étais pas moche, loin de là, mais je me trouvais plutôt banale. La fille tellement normale qu'elle passait inaperçue !

Grayson souleva la manche de sa chemise pour jeter un coup d'œil sur sa montre de marque.

— Ils sont peut-être rentrés chez Ethan. On va d'abord passer chez lui.

— On ?

— Oui, on. Nous serons plus efficaces en unissant nos forces. Et puis, je ne veux pas vous perdre de vue, pas tant que je ne serais pas sûr de vos motivations.

Je lui jetai un regard glacial.

— Je peux vous assurer que mes motivations ne divergent pas des vôtres.

Ses sourcils frémirent fugacement, et la lueur qui passa dans ses yeux affola mes sens et mon pouls.

— Donc vous voulez la même chose que moi ?

C'était une question rhétorique, et je n'étais pas si sûre qu'il faisait allusion à son frère et à ma sœur. L'air se remplit à nouveau d'une tension palpable qui grésillait autour de nous comme des courants contraires et capricieux. Une sensation de picotement irradia ma poitrine et se mua en une spirale de chaleur le long de mon dos et à travers mon corps. Sérieusement, il fallait que je reprenne mon abonnement à la salle de sport ou que je m'envoie rapidement en l'air. *Argh !*

— Je veux trouver ma sœur et lui éviter une peine de cœur. Je suis sûre que votre frère est un gentil garçon, mais elle n'a aucune expérience des relations amoureuses.

Grayson s'engagea vers la sortie, me faisant signe de le suivre.

— Venez. On file chez Ethan. On va commencer par là.

Quelques minutes plus tard, je me garai derrière la voiture de Grayson, devant un immeuble dans une jolie rue bordée d'arbres d'Islington. J'avais à peine détaché ma ceinture de sécurité qu'il était devant ma portière et me l'ouvrait.

Je le suivis jusqu'à l'entrée du bâtiment. Il tapa un code

sur un boîtier, débloquant la serrure, et nous franchîmes un grand hall en marbre jusqu'à l'ascenseur qu'il appela. Aussitôt, les battants s'ouvrirent souplement devant nous.

— Après vous, dit-il, avec un geste de la main.

Il m'emboîta le pas et les portes se refermèrent sur nous. Je ne le voulais pas, mais mes yeux dérivaient irrésistiblement vers lui comme mus par une force magnétique.

Le froncement de sourcils semblait être sa passion...

— Est-ce que votre frère vit seul ?

— Oui, depuis deux ans. Il y tenait. Il a un auxiliaire de vie qui vient l'aider le matin, mais le reste du temps, il se débrouille seul... Enfin, c'est ce que je croyais.

La cabine s'immobilisa au dernier étage. Grayson bloqua du bras la fermeture des battants avec cette délicatesse que je lui découvrais et je passai devant lui. Je sentis son regard sur moi aussi intensément qu'une vraie caresse tout en me concentrant sur mes pieds pour ne pas trébucher.

Je le suivis le long d'un large couloir avec de la moquette au sol. Il s'arrêta tout au bout devant la dernière porte et se mit à pianoter les deux premiers numéros sur un clavier.

— Attendez. On ne peut pas entrer comme ça, sans s'annoncer ? Ethan et Niamh pourraient être... enfin, vous voyez... occupés.

Le rouge me monta aux joues. *Occupés...* C'était puéril, mais il m'était absolument impossible de prononcer devant lui le mot « sexe » et tous les mots du même champ lexical.

— Bien... dit-il en appuyant ostensiblement sur la sonnette sans me quitter des yeux.

Personne ne répondit. Il haussa un sourcil.

— Est-ce que j'ai la permission d'entrer maintenant ?

Il fallait vraiment que j'arrête d'entendre du double sens partout.

— Oui, dis-je rougissant de plus belle en réalisant que s'il me faisait des avances directes, je lui dirais oui.

J'étais pour les relations amoureuses qui se construisent dans le temps, mais vivre un coup d'un soir avec Grayson Barlowe, ça se tentait. Pour les besoins de la recherche expérimentale ! Pour vérifier sur pièce que l'alchimie que je sentais vibrer entre nous était bien réelle.

La porte s'ouvrit sur l'appartement. Qui était un penthouse, en réalité. Je m'efforçai de ne pas paraître trop impressionnée, et ravalai même de justesse une exclamation de surprise en découvrant la vue sur Finsbury Park, de la rangée de fenêtres de l'immense salon. J'étais amenée à voir des habitations, toutes plus sublimes les unes que les autres, dans le cadre de mon travail. J'en avais d'ailleurs moi-même conçu quelques-unes. Je gagnais très bien ma vie et j'avais même remboursé le crédit de ma jolie petite maison de ville, mais il faudrait attendre des années et des années, avant que Niamh et moi puissions vivre dans un penthouse ou que nous puissions profiter d'une vue sur un parc. Enfin… moins de temps pour ma sœur si elle épousait Ethan Barlowe.

J'écartai aussitôt cette pensée. Niamh ne pouvait pas épouser un homme qu'elle ne connaissait que depuis six semaines. Le mariage n'était pas à prendre à la légère. C'était un vrai engagement. Avaient-ils même pris le temps de réfléchir à la vie à deux avec leur handicap respectif ? Sans doute pas. Il était facile de prendre pour de l'amour le tourbillon de sensations et d'émotions qui les traversait.

Grayson fit le tour de l'appartement tandis que je restai immobile devant les fenêtres du salon. Je me mordillai la lèvre, le regard perdu sur le parc, inquiète pour Niamh et Ethan. Ils se retrouvaient devant des défis quotidiens qu'ils n'avaient sans doute pas mesurés.

— Ils ne sont pas là, lâcha Grayson dans mon dos.

Je me tournai vers lui.

— Où ont-ils bien pu aller ?

— Chez votre sœur ?

— Niamh vit avec moi.

— Et vous ne saviez *vraiment* rien sur sa relation avec Ethan ?

— Pourquoi continuez-vous à insinuer que je suis l'instigatrice de tout ça ? Il n'y a pas de coup monté ! Elle ne m'a rien dit et je ne me suis doutée de rien. Et puis qui dit que ce n'est pas lui qui la manipule, hein ?

Je croisai les bras sur la défensive et ajoutai :

— C'est un scénario bien plus probable, d'après moi.

— Alors quand et où ont-ils pu se retrouver seuls ? marmonna-t-il comme s'il se parlait à lui-même.

— Ils n'ont peut-être pas eu besoin de passer beaucoup de temps ensemble pour savoir. L'évidence s'est imposée à eux.

— Comme vous avez plus d'expérience que moi en la matière, je vais devoir vous croire sur parole.

— Je pensai avoir trouvé chaussure à mon pied, mais ce n'était pas le cas, me surpris-je à dire.

Je décroisai les bras, les laissai retomber et soupirai.

— Je me suis voilé la face bien trop longtemps.

Trois ans après la rupture, je continuai à me reprocher mon aveuglement.

— Qui a rompu ?

— Moi.

Il y eut un moment de silence.

— Pourquoi ? s'enquit-il enfin.

— Il ne voulait pas que Niamh soit ma demoiselle d'honneur.

Il haussa fugacement les sourcils.

— Vous avez pris la bonne décision. Vous étiez ensemble depuis quoi... une année ou deux... plus ?

Il n'était pas loin du compte... C'en était troublant. Ryan travaillait dans la finance et ne portait aucun intérêt à l'architecture – un drapeau rouge que j'avais superbement ignoré. Comme je n'avais pas voulu voir sa réaction, pourtant révélatrice, la seule fois où il m'avait accompagnée à cette fameuse cérémonie de remise de prix d'architecture. Nous commencions juste à nous fréquenter, c'était une soirée importante pour moi puisque j'étais sur la liste des nominés et il avait enchaîné les verres, soi-disant parce qu'il était stressé pour moi. Avec le recul, je comprenais surtout qu'il avait été jaloux de l'attention que l'on me portait.

— Trois, en fait. Mais il n'y avait pas que ça.

— Quoi d'autre ? s'enquit Grayson, d'une voix basse comme un ronronnement qui affola mon rythme cardiaque.

— Ryan n'a jamais rien compris au lien très fort qui m'unit à ma sœur. Elle prendra toujours une grande place dans ma vie. Niamh a besoin de moi, je veille sur elle, je la protège. On nous prend toutes les deux ou pas du tout. C'est deux pour le prix d'une !

— Pour le prix ? répéta-t-il en haussant un sourcil.

— Choix de mots malheureux, mais vous voyez ce que je veux dire...

Grayson laissa échapper un soupir.

— Oui, je vois bien.

Le silence nous enveloppa et je n'eus plus conscience que de son regard bleu qui me gardait prisonnière.

Un picotement m'envahit comme si on venait de m'injecter du champagne froid dans les veines. Il pulsait à travers moi, au creux de mes genoux, de mon ventre jusqu'entre mes cuisses. C'était une sensation qui n'avait rien à voir avec ce que je ressentais en cours de Pilates. C'était un plaisir délicieux, ramenant à la vie chaque zone érogène oubliée de mon corps, me rappelant combien j'avais négligé mes besoins.

Une sonnerie vint rompre le silence. Grayson grimaça et sortit le téléphone de sa poche, jeta un coup d'œil sur l'écran.

— Excusez-moi, dit-il en s'écartant légèrement pour répondre. Maman ?

Je tendis instinctivement l'oreille. La curiosité était un vilain défaut, mais c'était plus fort que moi. Je le faisais tout le temps. Dans les cafés, au restaurant, au supermarché, dans les musées, à la gym et même lorsque je marchais dans la rue. J'aimais écouter les conversations. Je les trouvais captivantes, intéressantes et quelquefois inspirantes. J'avais perfectionné ma technique au fil du temps... Je m'éloignai donc de quelques pas, ostensiblement, mais pas trop – je n'avais pas l'oreille bionique non plus – et me saisis du livre posé sur la table basse, feignant un vif intérêt pour les robots.

— Tu étais au courant ? dit-il d'une voix sèche.

La voix de Grayson était presque assez forte pour être entendue de la pièce d'à côté. Je forçai le trait parce qu'il n'était pas le genre d'hommes à lever la voix, et encore moins sur sa mère.

— Comment peux-tu les encourager ? Ils ne se connaissent que depuis six semaines.

J'avais l'audition plus fine que je le pensais parce que j'entendais plutôt distinctement la mère de Grayson.

— Ethan est amoureux et il veut se marier. Il a enfin une chance d'être heureux auprès d'une jeune femme qui est amoureuse de lui. Pourquoi est-ce que tu veux tout gâcher ? Ne peux-tu pas te réjouir pour lui ?

— Tu as rencontré cette jeune femme ? Niamh ? s'exclama Grayson, le front plissé comme s'il auditionnait pour le rôle-titre du fronceur de sourcils en chef.

— Eh bien si, si tu veux tout savoir. Nous avons déjeuné ensemble il y a quelques jours. Niamh a été charmante et adorable, et ils sont amoureux, ça crève les yeux, s'enflamma la voix féminine à l'autre bout du fil. Ne lui gâche pas ça, Grayson. Il est triste depuis si longtemps. Il a droit au bonheur, il le mérite. Elle lui redonne goût à la vie et cela me réchauffe le cœur.

L'émotion altéra brièvement les traits de Grayson. Il cilla comme si la lumière était soudain trop forte et ses larges épaules s'abaissèrent imperceptiblement comme sous un poids trop lourd. Il se pinça l'arête du nez et dit d'une voix basse :

— Écoute, on veut tous les deux son bonheur. Mais rien ne l'oblige à précipiter les choses. Je pense qu'il devrait passer du temps avec cette jeune femme pour apprendre à la connaître, en savoir un peu plus sur elle.

— Niamh ne ressemble en rien à Donna.

— Et tu peux l'affirmer après seulement un déjeuner ? rétorqua Grayson.

— Je sais assez bien cerner les gens.

Il laissa échapper un petit rire sans chaleur.

— Tu parles par expérience avec tes maris ?

Il y eut un silence tendu sur la ligne.

— J'aimais ton père et il m'aimait. L'accident a tout changé. Ça a été trop dur pour lui de vous voir tous les deux si gravement blessés.

— Je n'ai eu qu'une jambe cassée.

— Tu n'as plus été le même après cet accident, Grayson.

La voix féminine au bout du fil baissa d'une octave.

— Ethan a irrémédiablement changé. Ton père ne l'a pas supporté. Ça reste une souffrance pour lui. C'est pour ça qu'il limite ses contacts avec ton frère et toi.

— Comment peux-tu encore lui trouver des excuses après

tout ce temps ? lâcha Grayson d'une voix si amère qu'elle imprégna l'air autour de nous. Il t'a trompée, et pas qu'une fois, alors même qu'Ethan luttait pour sa vie.

— Parce que, quelque part sous toute cette douleur et ce tourment, il y a l'homme dont je suis tombée amoureuse.

— Oui, eh bien, cet homme a maintenant une nouvelle femme et une nouvelle famille. Sa « famille parfaite », rétorqua-t-il, la bouche serrée et le ton grinçant.

Voilà tout l'intérêt de laisser traîner une oreille ! On en apprenait tellement sur les gens. Et l'intonation cinglante avec laquelle il avait prononcé le mot « parfaite » ne m'avait pas échappé. Je savais par expérience que beaucoup de gens ne savaient pas comment réagir devant le handicap. La gêne, les regards qui finissaient par se détourner. Il n'y avait que les enfants en bas âge, qui s'arrêtaient, dévisageaient et posaient des questions auxquelles il était parfois difficile de répondre. Le père de Grayson a-t-il trouvé plus facile de fuir que d'affronter la réalité ?

Le moment où tombait le diagnostic était toujours dévastateur. Comment un parent pourrait-il accepter et se résigner que son enfant ne fasse jamais faire les choses que l'on avait rêvées et espérées pour lui ? C'était aussi destructeur au sein de la fratrie. Il n'y avait pas un jour où mon cœur ne se serrait pas quand mes yeux se posaient sur Niamh en prise avec ses troubles neurologiques. Tout ça à cause d'un stupide accident qui ne serait jamais arrivé si j'avais fait plus attention.

La mère semblait de loin plus aimable et résiliente que le fils. Comment pouvait-elle encore avoir des sentiments pour l'homme qui les avait abandonnés, elle et ses fils, à un moment de leur vie où ils étaient meurtris et vulnérables ? Ça dépassait mon entendement. Pour être honnête, je penchais plus du côté de Grayson, le camp de ceux qui ne pardonnaient pas

Pardon n'est définitivement pas mon deuxième prénom. C'est Florence.

3

— Est-ce que tu as une idée où pourraient être allés Ethan et Niamh ? poursuivit Grayson à l'attention de sa mère, les sourcils toujours froncés. On les a laissés cinq minutes au restaurant, où ils nous avaient demandé de les rejoindre, et quand on est revenus, ils avaient disparu.

— Nous ? lança sa mère, sur le ton de l'enquêteur qui vient de mettre à jour une contradiction suspecte.

Grayson me regarda, puis leva les yeux au ciel.

— La sœur aînée de Niamh, Ashley.

— Ash, lançai-je automatiquement.

C'était mon père qui m'appelait Ashley. Depuis sa mort, c'était Ash, pour tout le monde.

— Est-ce qu'elle voit elle aussi cette relation d'un mauvais œil ? s'indigna la voix au bout du fil.

— Nous avons tous les deux des inquiétudes, oui.

— Alors je ferais peut-être mieux de me taire si je ne veux pas vous voir tout gâcher.

— On ne veut rien gâcher du tout. On veut juste qu'ils prennent leur temps.

— Dit l'homme qui change de femmes comme de chemises ! répliqua du tac au tac sa mère.

Grayson se pinça l'arête du nez, encaissant le reproche.

— On ne parle pas de moi, mais d'Ethan.

— Ton frère est un adulte. Il est peut-être dans un fauteuil, mais il mène sa vie comme il l'entend et s'il veut la passer auprès de Niamh, de quel droit, toi et la sœur de cette petite, vous vous y opposeriez ? Je ne veux pas le voir finir seul et reclus... ou baisser les bras...

Je perçus comme un sanglot étranglé sur les trois derniers mots. Grayson avait évoqué la rupture douloureuse d'Ethan, mais jusqu'à quel point avait-elle été douloureuse ? Avait-il cherché à mettre fin à ses jours ?

Niamh avait connu deux épisodes dépressifs sur les dernières années. Elle s'inquiétait beaucoup de savoir si un jour quelqu'un l'aimerait telle qu'était. Après le suicide de notre père, j'étais très attentive à ses états d'âme et aux signes avant-coureurs de la dépression. Je refusais qu'elle me glisse entre les doigts et je veillais sur elle comme le lait sur le feu. Moins ces dernières semaines, je devais l'avouer, j'avais baissé ma garde parce qu'elle était particulièrement positive et heureuse de vivre. J'avais naïvement mis ça au bénéfice du psychologue, qui la suivait depuis peu. Mais c'était indéniablement l'effet Ethan Barlowe. Et il semblait lui apporter tellement, plus en tout cas que la simple sécurité financière... Le soutien moral, l'amour, la compréhension. N'était-ce pas tout ce que je souhaitais pour elle ?

Je levai les yeux, sortant de mes pensées, et vis Grayson glisser son téléphone dans sa poche, avant de me regarder en mode désabusé.

— Désolé que vous ayez dû entendre tout ça.

— Je n'écoutais pas, mentis-je.

Je pouvais pratiquer le bluff à mes heures perdues. J'étais plutôt forte pour contrôler toutes les micro-expressions faciales qui pouvaient me trahir. J'avais néanmoins le sentiment à cet instant que Grayson Barlowe n'était pas dupe. Il soutint mon regard sans chercher à rompre le silence qui s'étirait, s'étirait...

Son regard dériva vers ma bouche, s'y attarda comme s'il n'avait jamais rien vu d'aussi captivant, avant de remonter.

— Et s'ils n'étaient pas allés loin ? lâcha-t-il.

Et cette lueur dans les yeux... J'arrêtai de respirer. Allait-il m'embrasser ?

Que venait-il de dire ? Je me mordillai la lèvre, pas sûre de ce que moi, je devais dire, ce qui ne me ressemblait pas. Jamais je ne restais sans voix.

— Euh...

— Et s'ils étaient restés sur place ? insista Grayson.

— Mais ils n'étaient plus dans le restaurant, dis-je sans vraiment comprendre où il voulait en venir. On a vérifié. Même le personnel nous a dit qu'ils étaient partis.

— Ils ont quitté le bar, mais l'hôtel ?

Il affichait l'air satisfait de celui qui a résolu un mystère. Je m'en voulus de ne pas avoir pensé moi-même qu'ils aient pu prendre une chambre. Ils ne pouvaient bien sûr pas être allés très loin en si peu de temps avec les problèmes de mobilité d'Ethan.

— Comment en être sûrs ? La réception ne va pas nous donner cette information. Ils préservent l'anonymat des clients.

— Je suis le tuteur légal de mon frère. Ils devront me donner cette info.

— Ce ne sont pas vos parents, les tuteurs ?

— Mon père s'en est lavé les mains. C'était une lourde responsabilité pour ma mère, elle a fini par me la confier.

— Pourquoi ?

— Parce que j'ai insisté.

Je haussai les sourcils.

— Et on ne vous a jamais dit non ?

— Ça a pu arriver.

Il me fixa de son regard hypnotique. L'air parut s'épaissir entre nous et je sentis mon sang bouillonner dans mes veines. Ses yeux glissèrent sur ma bouche et cette fois je ne résistai pas à passer la pointe de ma langue sur mes lèvres. Il déclenchait en moi un désir brut et intense qui m'effrayait autant que cela m'excitait.

Je ne pouvais pourtant pas me laisser distraire par un homme comme Grayson Barlowe.

— J'ai vraiment cru un instant que vous alliez faire quelque chose de vraiment stupide, dis-je d'une voix plus rauque que je ne l'aurais voulu.

Il haussa un sourcil.

— Comme quoi ?

Je me tournai pour ramasser mon sac cabas que j'avais posé par terre, près du canapé et en passant la lanière par-dessus mon épaule, je lui coulai un regard, cherchant à décrypter son expression. Avais-je mal interprété les signaux ? Cette étincelle qui crépitait entre nous était-elle le fruit de mon imagination ?

— J'ai cru que vous alliez m'embrasser, dis-je en relevant le menton, le mettant au défi de nier.

Il esquissa un sourire en coin.

— Pensez-vous vraiment que je compliquerais les choses en faisant quelque chose comme ça ?

J'eus un mouvement d'épaule désinvolte.

— Je ne vous connais pas assez bien pour répondre à cette question.

Il se retrouva soudain devant moi. Je devais arrêter de fixer sa bouche, mais le regarder dans les yeux était pire. Franchement, une fille pouvait se noyer dans ces iris bleus piquetés de gris, et rehaussés de longs cils épais. Quand je pensais aux trois couches de mascaras et au sérum hors de prix que je devais appliquer sur les miens, pour le même résultat... Ses pupilles se dilatèrent dangereusement.

— Et si vous répondiez à cette question plutôt : c'est ce dont vous avez envie, que je vous embrasse ? susurra-t-il.

Je n'étais pas sûre d'être en mesure de mentir quand il me regardait avec cette intensité. OK, alors peut-être que j'avais même un peu surévalué mes talents. Comment pouvais-je dire « non » et paraître convaincante ? Il était si proche que je sentais la chaleur qui émanait de son grand corps et je me vis m'enrouler comme une liane autour de lui alors qu'il me pénétrait... Torride, et totalement inapproprié. Qu'est-ce qui clochait chez moi ? Je ne couchais pas avec le premier venu. Un Barlowe, en plus.

— Que croyez-vous ? balbutiai-je.

Il se rapprocha encore et j'inspirai – grosse erreur... Son parfum imprégna mes narines et mon corps apprécia, en réclama instinctivement plus. Je me fis violence pour ne pas me hisser sur la pointe des pieds et enfouir le nez dans son cou pour le goûter.

Il leva la main et joua distraitement avec ma boucle d'oreille, la faisant tourner autour de son doigt, déclenchant en moi une myriade de sensations.

— Je ne m'aventurerai pas sur ce terrain, ce serait de la folie.

Sa voix rauque roula sur ma peau comme une caresse.

— Quel terrain ?

— Celui de l'intimité, qui impliquerait que nous nous touchions.

— Vous êtes en train de toucher ma boucle d'oreille, soufflai-je d'une voix altérée.

Il laissa retomber sa main et esquissa un sourire penaud.

— J'ai perdu mon self-control.

Et le mien s'était carrément fait la malle ! Comment allais-je faire pour garder mes mains loin de Grayson Barlowe ? Surtout quand il me souriait comme ça. Ce sourire était son arme massive pour faire tomber les filles. Je me reculai avec la sensation de m'arracher à cette force qui me poussait irrésistiblement vers lui.

— Alors que faisons-nous ? murmurai-je en regardant ma montre. Il est tard. On ne peut décemment pas faire irruption dans leur chambre à cette heure tardive. Ils pourraient être... être... endormis.

Grayson passa une main dans ses cheveux et soupira.

— Vous avez raison. On va attendre le petit déjeuner.

— On ?

— Il faut qu'on soit unis sur ce coup, Ash.

C'était la première fois que je l'entendais m'appeler ainsi, et je tressaillis imperceptiblement comme si j'avais reçu une petite décharge électrique. Avec sa mère, c'était Ashley. Lors des diverses conférences et galas où j'avais été amenée à le croiser, il avait toujours été très formel et c'était du Melle Clancy. J'eus soudain la sensation que nous venions de franchir une frontière invisible. Et qu'il serait difficile, voire impossible, de revenir en arrière.

Il a quand même touché ma boucle d'oreille.

— Je pense la même chose que vous. Je ne pourrais pas me regarder en face si je la laissais foncer droit dans le mur sans rien faire. On ne se marie pas sur un coup de tête.

— Exactement. Je pense que ce sera plus marquant si nous arrivons ensemble demain. Je passe vous prendre à 6 h 30.

6 h 30 ?

— Ça tombe bien, je suis matinale.

— Je suis un lève-tôt aussi. Où habitez-vous ? Oh ! et

donnez-moi votre numéro de téléphone, ce sera plus facile pour communiquer, dit Grayson en dégainant à nouveau le sien.

J'observai le mouvement rapide de ses pouces alors qu'il enregistrait avec dextérité les numéros que j'énumérais, puis m'envoyait avec la même dextérité un SMS pour me laisser le sien. Un étrange sentiment de satisfaction à la pensée de l'avoir dans mes contacts m'envahit. Je ne serai probablement jamais dans sa numérotation rapide, ni lui dans la mienne, mais quand même... je pouvais maintenant le contacter en cas d'urgence.

Nous revînmes un peu plus tard vers nos voitures, marchant côte à côte. La pluie s'était enfin arrêtée et il flottait dans l'air frais de la nuit une odeur de jasmin et de terre humide. Le trottoir mouillé luisait faiblement sous les rayons de lune.

— Que ferons-nous si Ethan ne répond pas à votre message ? Je n'arrive pas à joindre Niamh. Elle a dû éteindre son téléphone.

— Il m'a répondu quand vous étiez dans la salle de bains.

Je n'avais pas eu d'envie pressante, j'avais juste cédé à ma curiosité. Et je n'avais pas été déçue. Partout des matériaux nobles comme du marbre italien et du laiton et des configurations idéales pour une personne à mobilité réduite.

— Oh ! qu'a-t-il dit ? Ma sœur est avec lui ? Est-ce qu'elle va bien ?

— Ils vont tous les deux bien et ils ont accepté de prendre le petit déjeuner avec nous demain, dit-il alors que nous arrivions devant ma voiture.

— Bien, c'est une bonne nouvelle.

Je déverrouillai ma portière quand je sentis le frôlement de sa main au moment où il me l'ouvrait, me prenant de vitesse.

— Oh ! merci...

J'aurais dû me glisser derrière le volant et partir sans

demander mon reste, mais contre toute prudence, je restai immobile – coincée entre la portière et son corps, grand et musclé et fis l'erreur de le regarder. Mon estomac exécuta un double salto.

J'entrai en collision avec ses deux iris d'un bleu saisissant. Ma bouche s'asséchа. Mes battements de cœur s'accélérèrent. Je perçus diffusément au loin un bruit désagréable. Un klaxon ?

— C'était fort, bredouillai-je en tentant de reprendre pied dans la réalité.

Je serrai les poings pour me retenir de faire quelque chose d'inconsidéré comme de laisser courir mes doigts sur sa mâchoire pour sentir le contact râpeux de son début de barbe.

— Euh, on a dit 6 h 30, c'est ça ?

Je me fis soudain l'effet d'une ado nerveuse qui venait d'accepter l'invitation du garçon populaire du lycée.

— C'est ça, lâcha-t-il le regard toujours fixé sur ma bouche.

J'esquissai un petit sourire crispé.

— Bon… bien… bonsoir alors.

Il se fendit d'un petit hochement de tête et recula d'un pas. J'entrai dans mon véhicule avec ce qui me semblait être la grâce d'un pachyderme.

Grayson claqua ma portière et s'écarta, tandis que je manœuvrais pour sortir de ma place de stationnement.

Je calai, redémarrai, maudissant le mauvais sort en entendant la boîte de vitesses craquer. Je finis par m'éloigner non sans avoir jeté un dernier coup d'œil dans mon rétroviseur. Grayson n'avait pas bougé, le visage indéchiffrable.

Après m'être démaquillée et brossé les dents, je m'affalai sur mon lit. Je crus que j'allais m'endormir comme une masse, mais le sommeil se déroba. Je me tournais, me retournais, les yeux grands ouverts. De guerre lasse, je finis même par compter les moutons, puis les vaches et les poulets… sans succès. J'étais trop épuisée et dans un trop grand état de tension sexuelle. Tout ça à cause d'un homme ! Et pas n'importe lequel. Grayson Barlowe. Je savais que j'aurais dû rester éloignée. Je ne faisais pas les play-boys ni les aventures sans lendemain. Et surtout, le passif entre nos familles était bien trop lourd. J'avais de toute évidence bien trop négligé ma libido depuis ma rupture et cette réalité me revenait au visage comme un boomerang. Je ne voyais que ça pour expliquer cette attirance qui me poussait vers lui.

Je dus néanmoins finir par sombrer parce que quand j'ouvris les yeux, il était 6 h 15. Je me redressai, les yeux rougis par le manque de sommeil et bondis du lit comme un ressort, me précipitant en jurant vers la salle de bains. J'avais les cheveux en bataille, mais je n'avais plus le temps de les laver. Je les protégeai et me glissai sous la douche.

Il me restait quatre minutes et demie à tuer quand j'inspectai mon reflet devant mon miroir sur pied et appliquai du gloss sur mes lèvres. J'avais réussi à discipliner mes cheveux châtains en un chignon serré et enfilé un jean blanc que j'avais associé à un chemisier en soie gris fumé. J'avais eu la main légère sur le maquillage, me contentant d'une ombre et d'un trait d'eye-liner sur les paupières, misant sur les boucles d'oreilles. C'était ma faiblesse et je ne sortais jamais sans. J'avais choisi pour l'occasion dans ma collection une paire de forme triangulaire. Je savais qu'elle flattait mon visage mince en forme de cœur.

J'appliquai du gloss sur mes lèvres, enfilai une paire de talons hauts et attrapai une veste, malgré le ciel bleu.

En entendant la sonnette d'entrée, je pris quelques secondes pour inspirer par le nez et expirer par la bouche pour calmer les battements de mon cœur, puis m'avançai vers la porte et l'écran de l'Interphone vidéo. Grayson était rasé de près, les cheveux encore humides... frais et dispos, comme s'il s'était endormi dès qu'il avait posé sa joue sur l'oreiller, lui...

J'appuyai sur l'Interphone.

— J'arrive.

— Je vous attends.

Je me gardai bien de lui proposer d'entrer sauf à vouloir chercher les problèmes. Le genre de problèmes dont je voulais rester le plus loin possible, surtout de si bonne heure alors que j'étais fatiguée et pas encore en mode pleinement opérationnel. J'avais besoin d'une double dose de caféine. D'urgence.

Un arôme chaud me chatouilla les narines lorsque j'entrai dans la voiture. Je repérai les deux gobelets de cafés à emporter tout en attachant ma ceinture et coulai un regard vers Grayson alors qu'il s'installait derrière le volant.

— Il y en a un pour moi ?

— Oui.

J'inclinai la tête.

— Vous avez choisi au hasard ?

L'ébauche d'un sourire flotta sur ses lèvres.

— J'ai tenté ma chance. Noir, double, sans sucre. J'ai vu juste ?

Il avait tapé dans le mille ! Comment voulait-il que je garde mes distances avec ce genre de petites attentions ?

— Oui, dis-je du bout des lèvres en prenant le gobelet.

Je humai le délicieux parfum, pris une gorgée.

Excellent... Forcément. C'était le contraire qui m'aurait étonnée. Grayson Barlowe était un perfectionniste assumé. Il mettait la barre haut dans tout ce qu'il entreprenait, comme en témoignait son travail primé. Aucune fausse note non plus dans ses tenues vestimentaires, comme aujourd'hui où il conjuguait élégance et décontraction avec une facilité déconcertante.

— Sérieusement, comment avez-vous su ? dis-je en tournant la tête vers lui. Vous avez des pouvoirs de télépathie ?

Un sourire amusé étira sa bouche, qui éclaira son regard, lui donnant l'air moins sérieux, moins dur. Mon cœur se mit à faire des claquettes comme si j'avais avalé cul sec tout le contenu de mon gobelet. Plus deux canettes de boissons énergétiques.

— Je vous ai entendue en commander un lors de ce symposium sur le design l'année dernière, à Bristol.

Je haussai un sourcil.

— Je suis surprise que vous m'ayez remarquée. Si je me souviens bien, vous étiez très accaparé durant les pauses-café et déjeuners par bon nombre de groupies... pardon, de consœurs architectes qui voulaient un selfie avec vous.

Zut ! Je ne pouvais pas tourner ma langue dans ma bouche avant de parler ? Maintenant, il allait penser que j'avais suivi chacun de ses mouvements lors de cette maudite conférence. C'était le cas... mais il n'avait pas besoin de le savoir. Pour ma défense, c'était difficile de ne pas le voir, même dans une foule. Déjà, il dépassait tout le monde de la tête et des épaules et il dégageait un charisme qui attirait l'œil même à l'autre bout de la pièce.

Grayson me jeta une œillade appuyée.

— C'est difficile de ne pas vous voir.

— Comment ça ?

Bon sang ! Il allait croire que je cherchais les compliments... Pire, que je flirtais !

Grayson reporta son attention sur la circulation et tourna à un embranchement embouteillé, le geste à la fois fluide et terriblement masculin. Je coulai un regard vers ses grandes mains posées sur le volant, les imaginant sur mon corps, le caressant et le faisant vibrer avec la même virtuosité.

Je pris une gorgée de café, espérant que cela me remette les idées en place. Si seulement…

— Vous êtes investie, bosseuse et talentueuse.

— Et ça suffit à me faire sortir du lot ?

Il esquissa un sourire.

— Je peux continuer, mais ce serait franchir une ligne que nous avons convenu de ne pas franchir.

— Vous avez seulement dit qu'on ne se toucherait pas.

Mon œil dériva vers sa cuisse musclée. Si proche que j'aurais pu la toucher, juste en tendant la main.

Il s'engagea dans le parking avec voiturier de l'hôtel. Puis il tourna la tête vers moi.

— C'est ce que j'ai dit.

Il me regarda, une main sur le volant, l'autre sur le levier de vitesse tout en puissance contenue. Je réalisai soudain que j'étais en apnée.

— Vous n'avez pas changé d'avis, n'est-ce pas ? dis-je en me remettant à respirer.

— Il en faut beaucoup pour me faire changer d'avis.

— Vous êtes un peu comme moi. Niamh me traite de tête de mule.

Il me dévisagea longuement, sans chercher à rompre le silence, comme s'il prenait le temps de mémoriser mes traits.

— L'obstination peut s'avérer une grande force.

— C'est-à-dire ?

— Il n'y a pas de mal à avoir des convictions, et à les affirmer. La constance et la fiabilité sont des qualités, à mon sens.

— Oui, eh bien, j'aurais bien aimé l'être, fiable, il y a vingt ans, dis-je sans réfléchir.

Grayson fronça les sourcils.

— Que s'est-il passé il y a vingt ans ?

Je me mordis la lèvre, regrettant aussitôt mes mots. Je ne parlais jamais de l'accident. Je détestais en parler, c'était un rappel trop cruel de ma responsabilité dans ce qui était arrivé à ma sœur. Je jetai un coup d'œil à l'horloge sur le tableau de bord.

— On ne devrait pas les rejoindre ?

— On a tout le temps.

Grayson mit sa main sur la mienne, qui était posée sur ma cuisse droite. Une décharge électrique me parcourut. Elle était grande et recouvrait la mienne.

— Vous enfreignez les règles.

Ma répartie se voulait bravache et détachée, mais j'aurais sans doute été plus convaincante si ma voix n'était pas montée un peu trop haut dans les aigus. Et je n'enlevais pas ma main. Je ne cherchais même pas. J'aimais la douce pression de ses doigts sur les miens, de sa chaleur qui me pénétrait et allumait des étincelles sur ma peau. C'était divin.

Il retira lentement sa main.

— Désolé, dit-il avec un petit rictus contrit.

— Ce n'est rien.

Après un silence, il reprit avec un soupir résigné :

— On ferait mieux d'y aller et en finir au plus vite.

— Je ne peux pas dire que ça me réjouisse de devoir jouer les Cassandre.

— On n'a pas le choix, lança-t-il d'un ton déterminé.

— A-t-il besoin de votre permission pour se marier ? Je veux dire, je sais que vous êtes son tuteur, mais c'est un adulte.

— Non, mais je gère son portefeuille d'actions.

— Vous allez vraiment le faire ?

— Faire quoi ?

— Leur faire pression financièrement ?

— Non, à moins d'y être forcé.

— *Le cours du véritable amour ne s'est jamais déroulé sans heurts*, dis-je en citant Shakespeare dans *Songe d'une nuit d'été*. Vous avez conscience qu'en s'opposant à eux, en cherchant à les décourager ou à les empêcher, on risque juste d'obtenir l'effet inverse et de les conforter dans leur décision ?

Il me dévisagea un bref instant, le visage impassible.

— C'est un risque que je suis prêt à prendre.

Et moi étais-je prête à prendre le risque de passer du temps avec lui ? pensai-je en pénétrant à ses côtés dans le hall de l'hôtel quelques instants plus tard. Une trop grande proximité avec Grayson Barlowe était dangereuse... Dangereuse, excitante et palpitante. Ma peau picotait encore du bref contact de sa main sur la mienne. Avait-il une raison pour fixer des limites ? Étais-je en train de me faire des idées ou était-il possible que je ne le laisse pas indifférent ?

4

J'observai Grayson qui discutait avec le réceptionniste de l'hôtel. Il revint vers moi quelques instants plus tard.

— Ils sont dans la suite Lune de miel, lâcha-t-il d'un ton laconique, le visage fermé.

La suite Lune de miel ? Je me mordillai la lèvre. Niamh et Ethan avaient-ils des rapports sexuels ? J'avais évoqué la sexualité avec Niamh dès qu'elle avait atteint la puberté. Je lui avais aussi parlé du consentement et de l'intégrité du corps, mais cela était resté très technique. Était-elle assez préparée pour gérer le handicap physique d'Ethan ? Peut-être avaient-ils attendu… Après tout, ils ne se voyaient pas depuis longtemps. Et cela expliquerait pourquoi ils étaient si pressés de se marier.

Une fois dans l'ascenseur, Grayson présenta le badge devant le boîtier et appuya sur le bouton de l'étage. Il se tourna vers moi.

— Ça va ?

Je notai la note d'inquiétude dans sa voix et pris conscience que je fronçais les sourcils.

— Ma sœur n'a jamais eu de petit ami, alors je…

— Je suis sûr qu'Ethan est attentif et place ses besoins à elle avant les siens, dit-il sur un ton qui se voulait rassurant.

Je me sentais tellement bête d'être gênée d'évoquer avec Grayson la question de la sexualité entre son frère et ma sœur. Bon sang ! Je ne me comportais pas comme une jeune femme du XXIe siècle, indépendante financièrement, qui avait même bravé le qu'en-dira-t-on en rompant ses fiançailles à quelques jours du mariage.

— C'est... mmm ... bon de l'entendre.

— Ethan est atteint d'une paraplégie incomplète. Il peut encore faire quelques pas.

— Je ne le savais pas.

— Il a fait un AVC, juste après l'accident. Ça lui a provoqué une hémiplégie partielle du côté droit. Il a travaillé sans relâche au centre de rééducation et a regagné de la mobilité. Il n'a pas encore retrouvé l'usage de sa main droite.

L'ascenseur s'immobilisa à l'étage de la suite Lune de miel. Nous en sortîmes, et tacitement restâmes immobiles dans le large couloir, laissant les portes de la cabine de refermer dans un petit souffle.

— Cela a dû être une épreuve pour tous les deux et pour vos parents, bien sûr.

Une ombre glissa sur son visage.

— Il a frôlé la mort. Ça me réveille encore certaines nuits.

La gravité dans sa voix réveilla en moi les mauvais souvenirs.

— Je sais. Personne ne peut comprendre s'il n'a pas eu un proche en unité de soins intensifs. Niamh est restée branchée à un respirateur pendant des semaines. Chaque jour, on a eu peur de la perdre.

Nous échangeâmes un regard.

— Qu'est-ce qui est arrivé à votre sœur ?

— Un traumatisme crânien. Elle est tombée d'une balançoire et s'est fracturé le crâne. Elle est restée un mois dans le coma. À son réveil, elle n'avait aucun souvenir de l'accident. Et aucune idée qu'elle avait frôlé la mort.

Je déglutis et ajoutai :

— À cause de moi.

Il fronça les sourcils.

— Pourquoi ce serait votre faute ?

— J'étais censée la surveiller.

— Quel âge aviez-vous ?

— Neuf ans.

— Ce n'était pas un peu jeune pour avoir cette responsabilité sur les épaules ? Où étaient vos parents ?

J'étouffai un soupir. D'où venait cette incontinence verbale ? Étais-je obligée de m'épancher ainsi ? Auprès d'un Barlowe, en plus.

— Mon père était mort deux ans plus tôt. Ma mère avait encore du mal à sortir la tête de l'eau, alors pour la laisser respirer un peu, j'avais l'habitude d'emmener Niamh au parc après l'école.

— Et vous vivez avec cette culpabilité depuis tout ce temps ?

Je haussai négligemment une épaule.

— Qui d'autre à part moi ? Elle était sous ma responsabilité et j'ai tourné la tête... Je ne me souviens même pas de ce qui a attiré mon attention ailleurs. J'ai entendu un cri et quand j'ai à nouveau tourné la tête vers ma sœur, je l'ai vue par terre, sa tête et ses oreilles saignaient. Ce n'est pas Niamh qui a crié, mais un autre enfant qui l'a vue tomber. Deux personnes qui promenaient leur chien tout près ont appelé les secours.

— C'est un tragique accident, vous ne pouvez pas vous en rendre responsable, Ash.

— Plus facile à dire qu'à faire. Sa vie s'en est trouvée changée à jamais. Tout son potentiel s'est envolé ce jour-là, à cause de mon inattention.

Grayson posa une main sur mon épaule et un truc indéfinissable passa entre nous. Ce contact ferme et rassurant me stabilisa et m'ancra au sol d'une façon que je n'avais jamais ressentie. Les émotions que je lus dans ses yeux trouvaient une résonance en moi.

— Combien de fois me suis-je reproché de lui avoir laissé le volant, cette nuit-là. Je savais qu'il avait peu d'expérience de la conduite par temps de pluie et pourtant, j'ai accepté d'échanger nos places. Ça a été la pire décision de ma vie.

Je posai instinctivement ma main sur la sienne.

— Je parie que vous ne prenez plus de décision à l'emporte-pièce, n'est-ce pas ?

— Pas habituellement, non.

Il enleva sa main de mon épaule sans lâcher la mienne. Il la caressa du pouce. Un effleurement lent, doux, presque tendre qui m'embrasa tout entière.

On se lâcha en attendant la porte de la suite s'ouvrir. Je pivotai vers ma sœur. Elle avait coiffé ses cheveux en queue-de-cheval et portait une tenue décontractée qui restait chic et féminine.

— Tu es en retard, lança-t-elle en me dévisageant.

— De seulement cinq ou six minutes, dis-je en jetant un coup d'œil à ma montre.

Niamh décocha un regard peu amène sur Grayson, avant de retourner dans la suite sans un mot. Nous entrâmes à sa suite, silencieux. Grayson se contenta de hausser un sourcil à mon attention avant de refermer la porte. Puis nous nous dirigeâmes vers le petit salon où Ethan nous attendait, assis sur un somptueux canapé. Il affichait la même défiance que Niamh et avait le regard qui disait « ne-me-dis-pas-comment-vivre-ma-vie ».

— Vous vous rendez compte tous les deux du sang d'encre

qu'on s'est fait la nuit dernière ? Qu'est-ce qui vous a pris de disparaître comme ça ? lâcha Grayson d'un ton sévère.

Je grimaçai intérieurement. Il allait braquer ma sœur plus qu'autre chose. Comme Ethan, à en juger la tête qu'il faisait.

Niamh s'assit à côté de ce dernier et glissa sa main dans la sienne.

— Votre réaction à notre annonce était blessante.

Ses yeux s'embuèrent et elle reprit, avec un tremblement dans la voix :

— J'ai cru que vous seriez contents pour nous, au lieu de ça, vous avez gâché ce qui devait être l'un des moments les plus forts de nos vies.

Ethan affrontait son frère du regard, prêt à en découdre.

— J'ai emmené Niamh ici pour la c-consoler.

— Écoutez, tous les deux, je suis désolée de la façon dont ça s'est passé, dis-je sans laisser le temps à Grayson de répondre. Nous avons mal réagi, mais votre annonce a fait l'effet d'une bombe. Nous ne savions même pas que vous vous voyiez de façon sérieuse.

Au bord des larmes, Niamh chercha mon regard.

— Est-ce que c'est à cause de ce qui est arrivé à papa ?

— Non, répondit Grayson.

— Oui, dis-je en même temps.

Il me regarda, haussa un sourcil.

— Sérieux ?

Je redressai les épaules et soutins son regard interrogateur.

— Notre père serait toujours en vie aujourd'hui sans votre grand-père et cette fusion-acquisition soi-disant amicale. Rien de bon ne peut sortir d'un rapprochement entre les Clancy et les Barlowe, même sentimental.

— Je me demandais quand vous alliez ramener cette vieille histoire sur le tapis, dit-il d'un ton plein de morgue.

Vous devriez vérifier vos sources, avant de calomnier mon grand-père. Paix à son âme.

Je soutins son regard, la colère pulsant dans mes veines.

— En se retirant au dernier moment de l'accord, votre grand-père a ruiné mon père. Ce sont les faits.

— Parce que c'est ce qu'on vous a raconté ?

Le doute s'insinua sournoisement en moi. Et si tout ce que l'on m'avait raconté était faux ? Ma mère m'avait-elle sciemment menti ? À moins que la réalité lui ait été à ce point insupportable qu'elle avait eu le besoin de la travestir, de la tordre à sa main ? Mais quelle était cette réalité ? Je n'avais que sept ans à la mort de mon père, l'être que j'admirais le plus au monde. À cette époque j'étais plus intéressée par Mon Petit Poney que par les fusions d'entreprises. Mais alors pourquoi disait-on dans le petit milieu des architectes que le grand-père de Grayson était un homme dur qui ne pardonnait pas la bêtise ?

Une angoisse sourde m'envahit... Et si mon père s'était montré imprudent ? S'il avait lui-même causé sa perte ?

— Le passé est le passé, il n'a aucune incidence sur ce qui se passe maintenant, lâcha Grayson, changeant de sujet, à mon soulagement. Vous voulez tous les deux être ensemble, Ash et moi n'en doutons pas. Mais on tient à ce que vous preniez votre temps avant de faire le grand saut.

— Quel d-d-délai ? lui demanda Ethan avec méfiance.

— Six mois.

— Trois, dis-je, plus par esprit de contradiction.

Je ne voulais pas donner l'impression de dire amen à tout.

Ethan échangea un long regard avec Niamh.

— Un m-mois et c'est t-tout.

Intérieurement, je ne pouvais pas m'empêcher d'être fière de la détermination que je voyais briller dans les yeux de ma sœur. Elle était prête à s'opposer à nous et à se battre de toutes ses forces pour imposer son amour pour Ethan.

— D'accord, alors voilà notre proposition. Dans un mois, on se revoit et on fait le point, dit Grayson d'une voix ferme. Si vous êtes dans le même état d'esprit, nous parlerons de l'étape suivante.

— Tu p-promets de nous soutenir d-dans nos p-projets de mariage ? insista Ethan.

— Pourquoi ne pouvez-vous pas tout simplement vivre ensemble et voir comment cela se passe ?

— Vous êtes vraiment phobique du mariage ! m'exclamai-je sans pouvoir m'empêcher de le piquer.

— Je n'ai rien contre le mariage quand c'est l'évidence, le bon moment et les bonnes personnes.

— Vous pensez que nous ne sommes pas faits l'un pour l'autre ? murmura Niamh au bord des larmes. Je sais que je ne suis pas aussi intelligente que ma sœur et vous, mais j'aime Ethan et je ferai tout pour être une bonne épouse pour lui.

Grayson parut un peu mal à l'aise devant son émotion… ou venait-il d'entrevoir ses difficultés, réalisant du même coup qu'elle ne pourrait peut-être pas être la compagne et l'épouse dont avait besoin son frère ? Il n'y aurait pas de mariage sans son feu vert, ou du moins pas de mariage comme Niamh en avait toujours rêvé. Elle en voulait un en grande pompe, avec la robe meringue, la longue traîne, le voile, et l'église remplie de fleurs avec une chorale.

Grayson soupira.

— Laissons-nous un mois,

— Et vous p-promettez d'accepter notre couple, d'être ouverts et de nous soutenir pendant cette période ? insista Ethan.

J'étais la béquille de Niamh au quotidien. Comment

Ethan allait-il gérer ses besoins quand il avait lui-même ses propres limites ? En même temps, je lui demandais juste d'aimer ma sœur.

— Oui, dis-je, choisissant de faire taire mes doutes.

— Il y a encore une chose... ajouta Ethan en prenant la main de Niamh. On voudrait que vous dessiniez les plans de notre future maison. On la veut jolie et adaptée à nos besoins.

— Nous deux ? m'écriai-je.

Travailler avec Grayson Barlowe... sur un projet qui allait nécessiter de passer beaucoup, beaucoup de temps ensemble. Concevoir une maison n'était pas le projet d'un week-end. Cela pouvait prendre des semaines, des mois même, pour cerner et répondre aux attentes et aux demandes des clients.

— Vous êtes deux brillants architectes, poursuivit Niamh. Vous nous montrerez votre soutien en nous créant la maison de nos rêves.

Grayson me jeta un coup d'œil, l'expression indéchiffrable, avant de reporter son attention sur son frère.

— Qu'est-ce qui ne va pas avec ton penthouse ? Il est totalement adapté à tes besoins, non ?

— Tu l'as dit, c'est un penthouse. Niamh et moi voulons quitter la ville et vivre dans une maison, avec un jardin.

Un petit muscle tressauta à l'angle de sa mâchoire, et j'entendais presque les rouages de son cerveau alors qu'il cherchait les arguments pour contrer cette demande. Il finit par hausser une épaule et se tourna vers la porte en entendant frapper.

Le garçon d'étage entra avec le chariot d'un petit déjeuner copieux. La gorge soudain nouée, je me contentais d'un croissant et d'une demi-tasse de café. Grayson en prit encore moins. En revanche, le jeune couple ne bouda pas son plaisir. Ma sœur surtout prit un peu de tout pour le plus grand plaisir d'Ethan. Œufs Bénédicte, fruits de saison qui donnaient l'eau à la bouche, yaourts de différentes saveurs, pâtisseries, viennoiseries avec confiture, thé, café et jus d'orange pressé. Je laissai courir mon regard sur ce qui devait être un avant-goût du paradis pour un accro du petit déjeuner, et me sentis sombrer dans un abîme de désespoir.

Une maison à la campagne ? Co-dessinée par Grayson et moi ? Comment ma petite sœur allait-elle se débrouiller au quotidien sans moi ? Nous avions toujours vécu ensemble et ma vie entière tournait autour d'elle et de son bien-être. Comment allais-je remplir les heures, les jours, les semaines, les mois, les années à venir sans elle ? Me regarder le nombril ? Pas trop le genre de la maison. Et puis si elle se mariait avec Ethan, Grayson deviendrait son beau-frère et j'allais être amenée à le croiser, à le côtoyer très souvent... trop pour ma santé mentale... Bon sang ! J'étais vraiment mal barrée !

Une demi-heure plus tard, Grayson et moi quittions la suite Lune de miel. J'attendis que l'ascenseur se referme sur nous pour tourner la tête vers lui.

— C'était un peu inattendu.

— Non, vous croyez ? ironisa-t-il.

Je haussai les épaules, triturant distraitement la lanière de mon sac cabas.

— Bon, au moins on a gagné un peu de temps. Ils ont promis de ne pas se marier sur un coup de tête. C'est positif, non ?

— En espérant qu'ils retrouvent la raison en un mois. Et je ne parle pas de la maison à la campagne, c'est une idée encore plus farfelue, marmonna-t-il entre ses dents.

J'inclinai la tête sur le côté et l'observai, ce qui ne semblait pas le perturber outre mesure.

— Ça vous inquiète de devoir travailler avec moi sur leur maison ?

— J'ai déjà participé à un travail collectif.

— Vous ne répondez pas à la question.

— Non, je ne suis pas le moins du monde inquiet, dit-il en appuyant sur chaque mot comme s'il parlait à une enfant. Et vous ?

Je pinçai les lèvres.

— Ça dépend.

— De quoi ?

— De notre capacité à travailler ensemble en bonne entente sans faire de l'emplacement des interrupteurs un enjeu essentiel et un rapport de force.

— Ce ne sera pas un problème, lâcha-t-il d'une voix qui disait le contraire.

— Qu'avez-vous voulu dire quand vous avez parlé de mariage entre les bonnes personnes ? dis-je en faisant le geste des guillemets sur les derniers mots. Vous pouvez définir le concept ? Ça m'intéresse.

La cabine d'ascenseur s'ouvrit sur le rez-de-chaussée. Je lui emboîtai le pas dans le hall. Il resta silencieux et je crus un instant qu'il n'allait pas répondre.

— Le mariage a plus de chance de fonctionner entre deux personnes matures qui ont suivi une bonne psychothérapie et réglé leurs névroses et leurs schémas inconscients, finit-il par dire.

— Vous ne trouvez pas votre frère prêt pour se marier ?

Il me coula un regard.

— Votre sœur l'est ?

— À certains égards, oui, à d'autres, non, dis-je dans un soupir.

Je m'immobilisai pour le regarder.

— Il y a une chose dont je voudrais parler avec vous. En privé.

Il marqua un bref arrêt.

— Au sujet du conflit qui opposait votre grand-père à mon père, précisai-je en percevant la lueur d'intérêt qui éclaira son regard.

— À quoi bon remuer le passé ? rétorqua-t-il en se remettant en mouvement.

J'accélérai le pas pour rester à sa hauteur et l'agrippai par l'avant-bras, cherchant à retenir son attention. Il s'immobilisa, posa les yeux sur ma main, avant de me regarder.

— Je croyais qu'on avait décidé d'éviter le contact rapproché ? dit-il avec un sourire ironique qui me donna juste envie de poser mes mains partout sur lui.

Je lui lâchai le bras.

— Je voudrais connaître votre version sur ce qui s'est passé entre votre grand-père et mon père. Il semble y avoir une distorsion entre ce que ma mère m'a raconté et ce que vous pensez savoir.

— Vous êtes libre pour dîner, ce soir ?

Ça alors ! Je dus avoir la bouche ouverte un bref instant.

— Dîner ? croassai-je sous le coup de la surprise.

— Vous n'êtes clairement pas une fan de petit déjeuner, alors je me dis qu'un dîner fera mieux l'affaire.

Il avait donc remarqué mon manque d'appétit…

— Si, si, j'aime bien les petits déjeuners, mais… dîner comme dans un… ?

— Ce n'est pas un rendez-vous galant. Voyez ça comme une leçon d'histoire si vous voulez.

— Une leçon d'histoire ? répétai-je comme un perroquet.

Passer encore plus de temps, seule avec Grayson Barlowe – à sa demande à lui ? Mon cerveau venait de se mettre sur pause.

Je savais juste que j'avais besoin de connaître sa version de l'histoire qui avait mené mon père au suicide.

— D'accord. Quand et où ?

— Chez moi.

— Chez vous ? Pourquoi pas un restaurant ?

— Vous vouliez une discussion en privé, non ?

— Oui, bon... Est-ce que vous voulez que j'apporte quelque chose ?

— Non. Et je passerai vous prendre.

— Je peux très bien me rendre chez vous par mes propres moyens, dis-je, remuée malgré moi par le côté chevaleresque de la situation.

— Je sais, mais je préfère passer vous prendre.

— Est-ce une manière de maîtriser le temps qui m'est imparti ?

L'ombre d'un sourire glissa sur ses lèvres.

— Je promets de ne pas vous retenir trop longtemps.

Je n'osais imaginer le temps qu'il se fixait avec un premier rendez-vous. C'était comme s'il enclenchait un compte à rebours.

— Je parie que vous dites ça à toutes les filles, dis-je avec humour.

Il lâcha un rire grave dont je ressentis les vibrations jusque sous mes côtes. Je ne l'avais jamais entendu rire. J'aurais voulu l'entendre encore, voir son visage se détendre et s'éclairer. Il était séduisant en diable, mais quand il riait, il était tellement sexy.

— On dit 20 heures ? lâcha-t-il en souriant.

— Parfait, on fait comme ça. 20 heures.

Franchement, il aurait proposé 2 heures du matin, j'aurais dit oui aussi.

5

Je ne voyais généralement pas la journée passer quand j'étais au travail, mais cette journée-là traînait particulièrement en longueur. Je n'en voyais pas le bout. J'avais du mal à accorder ma pleine attention à mes clients. Mes pensées s'éparpillaient et mon esprit ne cessait de vagabonder, revenant sans cesse sur le contenu de ma garde-robe. Sur un coup de tête, je profitai de l'heure du déjeuner pour aller faire du lèche-vitrines dans la rue principale.

L'heure du déjeuner, c'te blague. Comme si je prenais des pauses-déjeuner habituellement !

Je passai donc quarante-cinq minutes à essayer des vêtements dans diverses boutiques, sans trouver mon bonheur. Quelle tenue porter à un rendez-vous qui n'en était pas un avec Grayson ? J'étais tiraillée entre l'envie de lui en mettre plein les yeux – je n'avais peut-être pas la taille mannequin, mais je savais porter des talons vertigineux – et celle raisonnable de la jouer simple et décontractée. Je ne voulais pas qu'il pense que je le draguais.

Je finis par poser mon choix sur une petite robe noire, outrageusement chère, et dont je n'avais certainement pas besoin, mais je ne voulais pas mettre quelque chose que j'avais déjà porté. Pour moi, le vêtement, comme la musique, est associé à une émotion, un souvenir. Je m'étais d'ailleurs débarrassée d'une bonne partie de ma garde-robe après ma rupture.

Il était pile 20 heures quand l'Interphone sonna. Je jetai un dernier coup d'œil à mon reflet dans le miroir de ma chambre. Cela m'avait pris un temps fou, mais j'avais réussi à donner à mon chignon un aspect flou, faussement décontracté. J'avais soigné le maquillage, choisi un parfum pas trop capiteux et mis mes boucles d'oreilles préférées – des pendants qui frôlaient mes épaules et tintaient quand je bougeais la tête. Quant à la robe, je ne regrettais pas mon achat, elle valait la somme que j'avais payée jusqu'au moindre centime. La coupe flatteuse épousait mon corps comme une seconde peau. Je me sentais féminine et séduisante dedans.

J'ouvris la porte quelques instants plus tard. Mon souffle se bloqua dans ma gorge. Grayson se tenait devant moi, terriblement séduisant en blazer bleu pâle et pantalon bleu marine avec une chemise blanche qui faisait ressortir son teint mat. Son after-shave, mélange attrayant de citron, de bois et de cuir, flotta dans mes narines, glissant comme un baume sur mes nerfs excités.

— Bonjour. Je prends juste mon téléphone et mon sac.

Il attendit poliment sur le seuil, ce qui m'impressionna. Je n'étais pas la seule attachée aux bonnes manières. Je revins vers lui presque aussitôt avec mes affaires dans la main et un sourire crispé aux lèvres.

— Votre journée a été bonne ?

— Occupée. Et la vôtre ?

— Longue.

Il resta immobile, sans me quitter des yeux.

— Quelque chose ne va pas ? lançai-je en lissant nerveusement ma jupe du plat de la main.

Il cligna des yeux et l'ébauche d'un sourire éclaira ses traits.

— Vous êtes très belle dans cette robe.

— Oh ! elle ne date pas d'hier !

Ne pouvais-je pas accepter les compliments simplement ? À son sourire, je compris qu'il ne me croyait pas une seconde. *Évidemment*. L'espace d'un instant, je crus même avoir laissé l'étiquette de prix dessus, avant de me souvenir que je l'avais coupée.

— J'aime beaucoup les boucles d'oreilles. C'est mon péché mignon, dis-je en touchant machinalement la droite. C'est un client qui a créé celles-ci. Ce sont mes préférées. Je ne les porte que pour les occasions spéciales.

Je pinçai les lèvres, prenant conscience de ce que je venais d'avouer à demi-mot.

— Ce n'est pas que cette soirée soit spéciale, mais ça fait un moment que je ne suis pas sortie. J'ai tellement de trucs à penser, m'empressai-je d'ajouter en piquant un fard.

Je ravalai une grimace. J'aggravai mon cas en parlant à tort et à travers comme une adolescente gauche.

Grayson leva la main vers mon oreille gauche et fit bouger la boucle de son doigt.

— Est-ce que ça vous rend nerveuse de dîner avec moi ?

— Non, bredouillai-je, en rougissant. Pourquoi est-ce que je serais nerveuse ?

Son bras retomba sur le côté.

— Vous vous apprêtez à entrer en territoire ennemi !

— V-vraiment ?

Il me décocha un sourire en coin.

— N'est-ce pas comme ça que vous me voyez ? Comme l'ennemi ?

— Eh bien, disons que nous ne sommes pas exactement des amis. Plutôt des concurrents dans le boulot.

— L'un n'empêche pas l'autre.

— J'ai assez d'amis.

Je me gardai bien de lui dire que j'en avais aussi perdu quelques-uns après ma rupture. Les gens prenaient toujours parti et particulièrement quand elle se passait mal. Et puis, l'amitié, ça s'entretenait, et mes responsabilités familiales ne me laissaient pas beaucoup de temps pour voir mes amis, qui s'étaient peu à peu éloignés assez naturellement, mais je ne me définissais pas pour autant comme une personne solitaire. J'étais juste indépendante, un électron libre. J'avais surtout appris à ne compter que sur moi-même.

— Vous ne me pardonnerez jamais d'avoir remporté cette récompense, n'est-ce pas ?

— Ce n'était pas si important que ça, mentis-je avec aplomb.

— Si cela peut vous consoler, je pense que ce prix aurait dû vous revenir.

Je le regardai, surprise.

— Vraiment ?

— Le projet McClean était complexe et vous l'avez géré d'une main de maître, avec savoir-faire et créativité.

— Mais c'est à vous qu'ils ont décerné le prix.

Il haussa une épaule.

— Parfois, on gagne, parfois on perd. Je ne cours plus après les récompenses. C'est bien sur un CV, mais je n'en ai pas besoin pour flatter mon ego ! Je connais ma valeur.

— J'envie votre confiance en vous...

— Vous n'avez objectivement aucune raison de douter de vous.

— Ça fait deux en l'espace de deux minutes, dis-je avec un sourire gêné.

— Deux quoi ?

— Compliments.

— J'en aurais bien un troisième, mais vous me gifleriez probablement si je le verbalisais, dit-il d'une voix rauque qui accéléra mon pouls.

— Vous êtes en train de flirter avec moi ?

Un sourire amusé flotta sur ses lèvres.

— Je me retiens, mais vous êtes vraiment très appétissante dans cette robe. En parlant de manger... nous ferions bien d'y aller. J'ai laissé le dîner au chaud et je ne voudrais pas que le détecteur de fumée se déclenche.

Je me dirigeai vers sa voiture, garée devant chez moi. Ce n'était pas le détecteur de fumée qui m'inquiétait, mais mon corps en ébullition.

Grayson s'arrêta devant une superbe maison de maître des années 1940, à Kensington. Je contemplai, bouche bée, la bâtisse blanche qui se dressait sur cinq niveaux, perdant toute notion de temps. La clôture en fer forgé noir s'harmonisait avec le garde-corps qui ceignait le balcon végétalisé du deuxième niveau, pareil à un ruban de dentelle. Le premier étage se dissimulait sous de petits pins d'un vert tendre, soigneusement taillés et plantés dans des jardinières dans le jardin de devant.

Sérieusement, je me fis l'effet d'être Elizabeth Bennet découvrant Pemberley dans *Orgueil et Préjugés* de Jane Austen. Pourquoi est-ce que je détestai autant Grayson Barlowe déjà... ? Mais est-ce que je le détestais autant que ça ?

Je nageais en pleine confusion. C'était plus simple de le voir comme l'ennemi et de lui faire endosser toutes les fautes quand je ne le connaissais pas ! Un homme qui veillait sur son frère comme il le faisait ne pouvait pas être totalement mauvais. Et puis je l'avais entendu rire. Il avait touché ma boucle d'oreille...

Je devais me reprendre. Il était hors de question que je me

rapproche de lui, que je pose mes lèvres sur les siennes. Cela ne pouvait pas arriver.

Toute mon attention tournée vers la maison, je n'avais pas réalisé que Grayson avait contourné la voiture pour m'ouvrir la portière. Je sortis à mon tour, avec autant d'élégance que possible, mais un de mes talons hauts se prit dans quelque chose et je me sentis basculer vers l'avant et me serais étalée de tout mon long avant d'atteindre l'allée, s'il ne m'avait pas rattrapée et stabilisée.

— Est-ce que ça va ?

— Ça va... Je pense que...

Je passai la main sur mon bras, là où s'étaient enroulés ses doigts et j'eus la sensation qu'une fleur se déployait dans mon ventre.

Il m'entraîna dans l'escalier qui menait vers la porte d'entrée, une main soutenant légèrement mon coude. Je ne m'écartai pas. À cet instant précis, je n'étais pas sûre du tout d'être en mesure de marcher sans aide : mes jambes étaient comme des nouilles ramollies et mon cœur en pleine fibrillation.

Grayson ouvrit la porte d'entrée et s'écarta pour me laisser passer. Mon regard capta le marbre italien dans l'entrée, glissa sur l'espace, s'attarda sur toutes les ouvertures par où entrait la lumière naturelle, déformation professionnelle oblige, et s'arrêta sur le grand et majestueux escalier. Antiquités et œuvres d'art s'intégraient avec goût au lieu majestueux. Il avait réussi à ne pas tomber dans le piège de la débauche !

— Chouette maison.

— Merci.

— Vous vivez ici depuis longtemps ?

— Dix ans, dit-il en refermant la porte. Installez-vous dans le salon, pendant que je vais vérifier le dîner.

— Ne gâchez pas mon plaisir de regarder un homme

aux fourneaux. À moins que vous n'ayez demandé à votre employée de maison de préparer quelque chose ?

Il eut un petit sourire contrit.

— Mon employé de maison ne touche pas sa bille en cuisine.

— Alors pourquoi la gardez-vous à votre service ?

— Le.

Je clignai des yeux, sans comprendre.

— Le ?

— Romeo s'occupe à merveille de la maison et des extérieurs, mais il va devoir progresser en cuisine avant que je le lâche dans cet espace.

— Romeo est italien ?

— Oui, je l'ai rencontré à Florence. Il cherchait du travail, et je l'ai ramené avec moi. Il aide Ethan aussi. L'étage inférieur est le sien, mais il est sorti ce soir.

— Quel âge a-t-il ? demandai-je en le suivant jusqu'à la cuisine, sur l'arrière de la maison.

— Dix-neuf ans, il est ici depuis deux ans maintenant.

— Et sa famille a accepté de le voir partir seul à Londres ?

Grayson tira un tabouret à mon intention.

— Il n'a pas de famille, il est en rupture avec eux. Il était sans-abri et faisait la manche quand je l'ai rencontré.

— C'est tellement triste. Le pauvre. Il a eu de la chance de vous croiser. Mais vous avez pris un risque en invitant chez vous un adolescent que vous ne connaissiez pas du tout.

— Je cerne assez bien les gens. Et puis, tout le monde mérite une chance de faire ses preuves ?

— Je suppose...

Prisonnière de mes a priori et de mes préjugés sur Grayson, je ne l'aurais jamais imaginé en bon samaritain, qui recueillait chez lui un gosse sans-abri.

— Qu'est-ce que je peux vous offrir ? Du vin ? Du

champagne ? Du gin tonic ? s'enquit-il tout en sortant deux verres d'un placard.

— Du vin blanc, je veux bien, merci.

Il déboucha une bouteille de vin blanc français, remplit deux verres, et m'en tendit un de l'autre côté du plan de l'îlot central.

— Et voilà. Tchin-tchin.

— Tchin-tchin.

Je fis tinter le bord de mon verre contre le sien sans chercher à savoir à quoi nous trinquions.

— Alors, c'est vous qui vous faites à manger ?

— J'ai un gros appétit.

— Oui, je m'en doute, ça creuse d'être un play-boy.

Il reposa son verre, fronça les sourcils.

— Il ne faut pas croire tout ce qui est écrit dans la presse.

— Combien de temps a duré votre dernière relation ? demandai-je, tournant distraitement le pied de mon verre entre mes doigts.

— Pas longtemps.

— Pourquoi ?

— Parce que je n'ai pas envie de me ranger.

Il se tourna vers la plaque de cuisson. Je laissai courir mon regard sur ses larges épaules, son dos, ses fesses alors qu'il remuait le contenu d'une casserole qu'il venait de mettre sur le feu. Un délicieux fumet ne tarda pas à se diffuser. On pouvait dire qu'il s'y entendait pour mettre l'eau à la bouche...

Je pris une autre gorgée de vin.

— Alors vous multipliez les liaisons.

— Il n'y a pas d'encoches sur ma tête de lit. Allez vérifier si vous voulez.

— Je crois qu'il est préférable que je reste loin de votre chambre, non ?

Deux gorgées de vin et j'étais déjà enivrée. À moins que ce ne soit la présence de Grayson qui me faisait tourner la tête.

Il pivota vers moi et me dévisagea.

— Vous ne semblez pas être le type de femmes à vous compromettre avec un play-boy.

Son regard se posa sur mon annulaire nu.

— Ou peut-être avez-vous envie de prendre du bon temps maintenant que vous avez retrouvé votre liberté ?

J'étais comme happée par son regard et je n'aurais pas pu détourner les yeux, même si je l'avais voulu. En même temps, je n'essayai pas vraiment. Je voulais me perdre dans ces iris bleus pailletés de gris. Jeter aux orties mon côté raisonnable et rationnel, et jouer avec le feu avec un F majuscule était très tentant. Une tension pareille à un bruissement électrique s'accumula entre nous alors que nous restions là, sans esquisser le moindre geste.

— C'est une proposition ?

C'est à peine si je reconnus la voix rauque et basse de femme fatale qui sortit de ma bouche.

Grayson contourna l'îlot. Le cœur battant la chamade, je le regardai s'avancer vers moi comme au ralenti. Il me prit le verre de vin des mains et le posa devant moi avec un petit « clic » que je ressentis au creux du ventre. Il me fit pivoter sur le tabouret et je me retrouvai face à lui, submergée par sa présence, son odeur, sa chaleur, son désir qu'il ne cherchait pas à dissimuler.

— J-je croyais que nous ne devions pas faire ça, dis-je d'une voix à peine audible.

— Que crois-tu que je vais faire ?

— M'embrasser ?

— C'est ce que tu as envie que je fasse ? dit-il, les yeux à nouveau rivés sur ma bouche.

Je déglutis, passai la langue sur mes lèvres sèches.

— C'est tentant.

Une lueur de satisfaction éclaira son regard.

— Alors, qu'allons-nous faire ? Nous en tenir à la limite fixée ou nous rapprocher et faire plus intimement connaissance ?

— Tu es déjà très près.

— Je peux encore me rapprocher.

Sa voix aux intonations pleines et âpres roula sur ma peau aussi palpable qu'une caresse. Il dessina du doigt la courbe de ma joue jusqu'à mon menton. Ce n'était qu'un simple effleurement, mais il suffit à électriser toutes mes terminaisons nerveuses.

Un gémissement mourut sur mes lèvres et je fermai les yeux. Personne ne m'avait jamais touchée comme cela avant, et ses doigts sur ma peau éveillaient des sensations d'une intensité inconnue. Je ne m'étais pourtant jamais vue comme quelqu'un avec une sensualité débordante. Je ne détestais pas le sexe non plus, même si ça n'avait jamais été très transcendant avec mes ex.

Je pressentais que ce serait explosif avec Grayson Barlowe.

Il ferait en sorte que ce soit le cas.

D'un doigt, il me souleva le menton. J'ouvris les yeux et me trouvai face à deux iris bleus qui me regardaient intensément.

— Si on s'embrasse, c'est juste un baiser, tu comprends ?

— Comment ça ? Je ne vais pas pouvoir faire publier les bans et envoyer les cartons d'invitation du mariage ? lançai-je sur le mode de l'humour.

Il esquissa un sourire amusé.

— N'y pense même pas. Je n'ai pas l'intention de me mettre la corde au cou.

— Moi non plus. Ça tombe bien.

Sa main glissa sur ma nuque, et le contact de ses doigts

sur ma peau déclencha un éclair de plaisir à travers mon corps, de mon crâne à mes orteils. Qui aurait cru que j'étais si sensible à cet endroit ?

— Tu as une bouche magnifique.

Je pris sa joue dans ma main, caressant du pouce sa bouche à lui, électrisée par le contact râpeux de sa peau sous mes doigts.

— Le dîner n'est pas en train de brûler, n'est-ce pas ? dis-je dans un souffle, le cœur battant si fort que j'avais l'impression qu'il résonnait tout autour de nous.

Grayson me tira vers lui. Je me retrouvai debout, si proche de lui que nos hanches se frôlaient. La tension s'intensifia encore en moi. En proie à un besoin impérieux, primaire que je ne contrôlais pas, je me pressai plus étroitement contre lui.

Il m'étreignit avec force tout en plaquant sa bouche sur la mienne. Je gémis sous ses assauts, entrouvris la bouche en guise d'invitation, et sa langue s'entremêla à la sienne dans un baiser tout sauf doux et vanillé.

Il prit mon visage entre ses mains comme pour mieux me goûter et approfondir notre baiser. Frissonnante, les orteils recroquevillés dans mes chaussures, je me laissai prendre par sa langue séductrice. Elle commença à jouer avec la mienne, conquérant tout l'espace. C'était un baiser provocant, affolant, et je m'y abandonnais sans honte. Totalement. Nos langues se mêlaient et tout mon corps exultait de ce tourbillon de sensations.

Ses mains glissèrent vers mes hanches et il m'attira contre lui. Il était dur comme de la pierre. Je retins mon souffle sous la pression affriolante de son érection contre moi, étouffant même un bruit de gorge de plaisir en la sentant tressaillir contre moi. Il releva la tête, dardant sur moi ses yeux bleus voilés de désir.

— Je ne le voulais pas. J'étais déterminé à ne pas te toucher... C'était perdu d'avance, dit-il avec une moue de dérision.

Je passai un bras autour de son cou et jouai avec ses cheveux dans la nuque, tout en me collant à lui.

— Tu es plutôt irrésistible aussi.

— Si nous étions raisonnables, nous mettrions un terme à cette folie avant qu'on perde le contrôle, dit-il, le regard voilé de désir.

— Tu veux arrêter ?

Je ne me reconnaissais pas. Je n'étais pas prude et j'étais tout à fait pour que les femmes assument leurs désirs et leurs besoins, mais de là à pratiquement supplier Grayson de me faire l'amour, ça ne me ressemblait pas, pour le moins. Et un Barlowe, en plus !

Pourtant, chaque fibre de mon corps se tendait vers lui, sollicitait son attention exclusive. Je le désirais comme je n'avais jamais désiré personne. À cet instant, je pourrais *mourir* s'il ne m'embrassait pas à nouveau.

Grayson enroula un bras autour de ma taille et il me serra contre lui.

— Si nous cédons à notre attirance, c'est pour en venir à bout. Ça ne se reproduira pas. D'accord ?

— Et si une fois ne suffisait pas ? dis-je en haussant plusieurs fois les sourcils d'un air provocateur.

Il laissa échapper un petit grondement sourd.

— Il le faut.

— Parce que ?

— Parce que je ne mélange jamais travail et plaisir. C'est un principe.

Je posai la main sur son torse. En sentant battre son cœur très fort contre ma paume, une onde de plaisir couplé à un sentiment d'euphorie m'envahit. J'aimais l'idée que je lui plaisais et que c'était moi qui affolais son rythme cardiaque. J'arrangeai le col de sa chemise que j'avais froissée, et tapotai négligemment son torse du bout des doigts, avant de reculer pour remettre un peu de distance physique entre nous.

— C'est un bon principe. J'en ai un aussi, lançai-je.

— Et lequel ?

— Je ne pratique pas les aventures sans lendemain.

— Alors on dirait bien que nous sommes dans une impasse.

— Parce que tu ne changeras pas d'avis, dis-je d'un ton monocorde.

Grayson combla à nouveau la distance entre nous et enroula autour de son doigt une mèche de mes cheveux qui s'était échappée de mon chignon. Il tira légèrement dessus, me provoquant un petit picotement sur le cuir chevelu.

— Sommes-nous dans le cas de figure de la force irrésistible qui rencontre un objet immuable ? dit-il, mi-figue mi-raisin.

— Possible.

La pression de son doigt sur ma mèche s'accentua.

— Si nous faisions juste ça, alors ?

Il inclina la tête et effleura mes lèvres des siennes, les taquina, faisant courir sa langue d'une commissure à l'autre. Un petit gémissement de plaisir m'échappa.

Sa langue séductrice glissait sur ma bouche, la butinait. Il m'embrassait comme s'il me goûtait intimement et me savourait. C'était incroyablement sensuel, et ça attisait les braises de mon désir.

— M'en tenir à un baiser presque chaste, cela faisait longtemps que ça ne m'était pas arrivé !

Son souffle frôla le creux de mon cou d'une caresse aussi légère qu'une plume. Mes os se liquéfiaient, mes ligaments et mes muscles se ramollissaient.

— Un peu d'autodiscipline ne peut pas faire de mal, murmurai-je en m'agrippant à sa chemise.

Même si cela s'avérait être une torture pour moi aussi.

Il répondit par un petit bruit de gorge, ses lèvres glissant déjà sur ma joue, ma mâchoire. Il traça un chemin de baisers mouillés jusqu'à mon cou, là où battait mon pouls.

— Tu sens incroyablement bon, ronronna-t-il contre ma peau.

Il remonta vers mon oreille, poursuivant son agréable exploration. J'inclinai la tête sur le côté pour lui faciliter l'accès. Ma boucle d'oreille tinta quand il titilla le contour de mon oreille. Comment pouvais-je lutter ? Cet homme était magique. Il pouvait m'envoyer en orbite rien qu'avec ses doigts et sa langue.

— Grayson ?

Il se redressa pour me regarder dans les yeux, ses mains toujours sur mes hanches.

— Temps de s'arrêter, c'est ça ?

L'un de nous devait bien être raisonnable pour deux. Je plissai le nez.

— Ça ne sent pas le brûlé ?

Grayson laissa échapper un juron et me lâcha pour retourner près du piano de cuisine. Je l'observai, cherchant à reprendre mon souffle comme mes esprits. Pas une mince affaire quand il m'aurait suffi de faire quelques pas pour le rejoindre et que nous terminions ce que nous avions commencé.

Je n'étais pas sûre d'être en mesure de gérer le désir qu'il m'inspirait. Alors, pourquoi ne pas coucher avec lui pour venir à bout de cette attirance qui nous consumait, comme il l'avait lui-même suggéré… Même si intuitivement, j'avais la sensation qu'une nuit dans ses bras allait plutôt me laisser sur ma faim. Qui peut s'arrêter une fois qu'il avait mis la main dans le seau de pop-corn ?

Un seul baiser avait déclenché en moi un désir insensé. Je voulais plus.

Beaucoup plus.

6

Grayson prit la bouteille de vin posée sur la table.

— Encore un peu ?

Je posai la main sur mon verre pour le couvrir.

— Non, merci. J'ai besoin de garder les idées claires.

— À cause de ce qui vient de se passer entre nous ?

— Tu sais quand tu as dit que tu ne t'étais jamais arrêté au baiser chaste ? Eh bien, moi, je n'ai embrassé personne depuis mon ex, bredouillai-je en sentant le rouge me monter aux joues.

Il fronça les sourcils.

— Des regrets d'avoir rompu ?

— Absolument pas. Nous n'étions pas faits l'un pour l'autre, ça m'a juste pris un peu de temps pour me rendre à l'évidence, dis-je, les lèvres pincées. Je suppose que c'était plus confortable de faire l'autruche. Il y a un moment dans une relation où on s'est tellement investi en temps et en énergie pour que ça marche qu'y mettre un terme paraît plus difficile que de continuer.

Je jouai distraitement avec le pied de mon verre, avant d'ajouter :

— Je pense que c'est ce qui s'est passé aussi pour mes

parents. Ma mère est restée avec mon père plus longtemps qu'elle ne l'aurait dû.

— Ils n'étaient pas heureux ?

— Ils se disputaient beaucoup.

Je gardais de nombreux bons souvenirs de mon père, mais mon cœur se serra soudain quand je repensais à d'autres, plus tristes, comme quand il criait après ma mère, claquait les portes et disparaissait des jours.

— J'adorais mon père, mais il pouvait se montrer difficile parfois.

Je poussai une miette sous le bord de mon assiette et coulai un regard vers Grayson, avant de reprendre :

— C'était un architecte talentueux et très investi, mais son travail le consumait bien souvent. Je me demande si ma mère était au courant de leur situation financière.

— Tu étais jeune à cette époque, mais qu'est-ce qu'on t'a dit exactement à propos de cette fameuse fusion-acquisition ?

Je le regardai sans ciller.

— Ma mère m'a dit que ton grand-père s'était désisté à la toute dernière minute. Il y aurait eu un désaccord sur les termes du contrat, et mon père aurait tout perdu. Après son suicide, on s'est retrouvées sans rien. Jusqu'à sa mort, ma mère en a voulu à ton grand-père.

Grayson resta silencieux, la mâchoire crispée.

— Mon grand-père était un homme d'affaires aguerri, peut-être dur, mais il n'aurait jamais escroqué ton père.

L'inflexion implacable de sa voix me troubla.

— Alors où est passé l'argent de mon père ?

Grayson ne répondit pas et le silence lourd finit par devenir douloureux alors que les doutes et les interrogations m'assaillaient à mesure que les souvenirs affluaient. Mes parents se disputaient très souvent. C'étaient des éclats de voix qui nous parvenaient de leur chambre. Leur porte était fermée, alors ma sœur et moi n'entendions pas bien et ne comprenions pas grand-chose. Mais je crois me souvenir que l'argent était souvent au centre.

La gorge nouée, je déglutis avec difficulté, comme si la nouvelle vérité implacable qui émergeait, bien différente du narratif de ma mère, avait du mal à passer.

— Mon père s'est mis sur la paille tout seul… C'est ça ?

Grayson laissa juste échapper un soupir comme s'il rechignait à ajouter à ma peine.

— Et toutes ces années, j'ai cru qu'il était mort à cause de ton grand-père, limite qu'il l'avait même poussé au suicide… dis-je tout bas comme pour moi-même.

Ma voix flancha tandis que me revenaient en mémoire des bribes de conversations avec ma mère après la mort de mon père. Dans ma tête d'enfant, mes parents ne pouvaient rien faire de mal. Mon père était cet homme drôle, fantasque, qui rentrait à la maison, les bras chargés de cadeaux. Aujourd'hui, je comprenais que ce que j'avais pris pour de la spontanéité, de la générosité, tenait plus d'un manque de maturité et de l'irresponsabilité.

Je me levai, croisai les bras sur la poitrine, essayant de contenir les émotions qui menaçaient de me submerger.

— Je regrette que ma mère ne m'ait pas dit la vérité après la mort de mon père. Pourquoi a-t-elle réécrit notre histoire ? J'avais le droit de connaître la vérité.

Grayson vint derrière moi et posa ses mains sur mes épaules, en sentant mon désarroi. J'eus la sensation que mon corps se tendait vers lui. Il était la seule personne solide et qui ne penchait pas, alors que mon monde venait de sortir de son axe.

— Je suis désolé que tu aies dû l'apprendre de cette manière.

Je me retournai pour le regarder.

— Tu ne me l'aurais pas dit, n'est-ce pas ? Tu n'avais pas l'intention de m'énumérer les erreurs de mon père pour ne pas écorner l'image que je gardais de lui.

— C'est dur quand ceux que l'on aime et que l'on admire le plus nous déçoivent,

— Ton père aussi, hein ?

— Il n'a jamais été quelqu'un sur qui on pouvait compter. C'est toujours le cas. Ça n'a toujours été que des promesses en l'air avec lui. J'ai toujours été plus proche de mon grand-père, pour être honnête. Lui, en revanche, était un homme d'honneur. Il n'avait qu'une parole.

— Je suis désolée de l'avoir si mal jugé et rendu coupable du malheur de ma famille toutes ces années.

Grayson exerça une petite pression empreinte de sollicitude sur mes épaules.

— Tu étais une enfant. Tu as cru ce qu'on t'a dit. Il ne t'en tiendrait pas rigueur s'il était encore en vie.

— Pourquoi est-ce que ma mère a inventé cette histoire ? Que ton grand-père avait trahi mon père, le poussant au suicide ? Leur relation était chaotique, ils se disputaient beaucoup de son vivant à lui, et après sa mort, il est devenu le plus extraordinaire des maris. Elle ne tarissait plus d'éloges.

— C'est ce que les mères sont censées faire, non ? Protéger leurs enfants des vérités douloureuses ?

Après un long silence, il leva la main vers mon visage, me caressa la joue. Je frissonnai involontairement. Cet homme était magique, capable de mettre tous mes sens en émoi.

— Tu es en train de me toucher.

— C'est ce que je fais, oui, dit-il en passant son pouce sur ma lèvre inférieure. Tu veux que je m'arrête ?

— Non, dis-je la voix courte, rendant les armes sans même combattre.

Nous nous embrassâmes, enlacés, avides et submergés par nos pulsions qui se déchaînaient. Nos langues glissaient l'une sur l'autre en une danse parfaitement rythmée, chacun volant le souffle de l'autre. Il avait le goût du vin, de la passion et du désir non contenu.

— Dis-moi d'arrêter, souffla-t-il contre ma bouche.

— Je n'en ai peut-être pas envie, chuchotai-je, léchant le renflement de sa lèvre inférieure. Peut-être ai-je envie de plus... que tu me fasses l'amour.

— Tu acceptes le principe d'une aventure d'un soir ?

Je nouai les bras autour de son cou, ondulant lascivement mes hanches contre son érection.

— Et si une nuit ne te suffisait pas ? dis-je d'une voix aguicheuse.

— Une nuit. Je ne peux rien promettre de plus.

— Alors nous ferions mieux d'en profiter.

Je pressai mes lèvres sur les siennes, en explorai les contours avec avidité. En un battement de cœur, il s'empara de ma bouche, me rendant caresse pour caresse avec la même fougue. Un frisson d'impatience glissa le long de ma colonne vertébrale et un désir qui exigeait l'assouvissement pulsa dans mes veines.

— Bon sang ! J'ai tellement envie de toi, gronda-t-il contre ma bouche.

On se sépara à bout de souffle. Il prit mes poignets dans une main tout en m'écartant légèrement de lui.

— Pas ici. Je te veux dans mon lit.

Je posai un regard flou autour de moi, comme si je découvrais mon environnement.

— On ne devrait pas débarrasser d'abord ? balbutiai-je en faisant un vague geste vers la table.

— Plus tard.

Il m'embrassa avec une urgence qui ne laissait pas de doute sur l'ordre de ses priorités. Et débarrasser la table figurait tout en bas de sa liste.

Je me rappelai à peine comment nous parvînmes dans sa chambre à l'étage. Je ne me souvenais que d'un corps à corps torride, de baisers et de caresses qui faisaient vibrer mon sang. Il ouvrit la porte d'un coup d'épaule et je le suivis à l'intérieur. Je balayai l'espace du regard, passant sur l'ameublement, chic et élégant, au lit immense, avec des draps blancs et de nombreux oreillers.

— Jolie chambre.

— Elle fait le taf.

Je haussai un sourcil.

— Pour dormir et autre activité ?

— Pour dormir.

Il ferma la porte, me regarda, les yeux assombris par le désir, et répondit à mon interrogation silencieuse :

— Tu es la première femme que j'invite chez moi.

— Tu n'as jamais dormi ici avec une de tes conquêtes ? Tu me fais marcher ?

Il déboutonna sa chemise, sans me quitter des yeux, la retira avant de la jeter sur le dossier en bois sculpté d'une chaise.

— Je ne fais pas entrer n'importe qui dans mon espace intime.

— Les femmes avec qui tu couches restent « n'importe qui » ?

— Généralement.

— Tu sais qu'un psy aurait beaucoup de choses à en dire.

Il haussa négligemment les épaules.

— On en parle, de ton abstinence depuis ton ex ?

— Oui, bon, c'est différent... avec le travail et tout un tas de trucs, je n'ai pas un instant à moi.

Il s'approcha et glissa un doigt sous mon menton pour relever mon visage.

— Tu peux encore changer d'avis.

— À propos de dormir avec toi ?

Ses yeux brillèrent.

— Pas sûr que nous dormions beaucoup.

— Tu me rassures, dis-je, les sens en émoi et le souffle court. Je détesterais perdre une minute à ronfler dans ton lit.

Il esquissa un sourire et m'enlaça.

— Et si tu enlevais tes vêtements maintenant ?

— Tu ne veux pas t'en charger ?

Waouh ! Qui était cette fille libérée, qui flirtait avec audace ? Je ne me reconnaissais pas. C'était comme si je m'étais métamorphosée en super héroïne libérée qui assumait son désir et savait ce qu'elle voulait.

— Avec plaisir. Tourne-toi.

J'obtempérai sans un mot. Il frôla sensuellement ma nuque et sa main trouva la fermeture Éclair qu'il fit descendre très lentement le long de mon dos. Je n'étais plus qu'un frisson de plaisir quand il atteignit le creux de mes reins. Je sentis l'air sur ma peau puis ses doigts effleurer mes omoplates, avant qu'il n'abaisse les bretelles de ma robe sur mes bras. Le vêtement glissa le long de mon corps en une caresse imperceptible et tomba en corolle autour de mes pieds, me laissant en culotte et soutien-gorge bandeau en dentelle noire et sur mes talons hauts.

Grayson me tourna vers lui, et je frissonnai sous son regard brûlant. Je ne me souvenais pas d'un jour où je m'étais sentie aussi sexy, aussi irrésistible, féminine.

— Tu es incroyablement belle ! susurra-t-il en me couvant des yeux.

Je posai les mains à plat sur son torse ferme, les doigts écartés en éventail pour mieux absorber sa chaleur, couvrir le maximum de surface de peau, sentir le frôlement de ses poils sous mes doigts.

— Tu enlèves ton pantalon ou c'est moi qui le fais ?

Il me regarda sous ses cils.

— N'hésite pas.

Je crochetai les doigts dans sa ceinture et parvins, malgré ma nervosité qui rendait mes doigts peu coopératifs, à défaire le bouton et à baisser sa braguette. Je levai les yeux, un sourcil arqué.

— Je me demande bien ce que je vais découvrir ?

— Il n'y a qu'une façon de le savoir.

Je tirai sur son pantalon pour l'ouvrir et le dégager, et écarquillai les yeux en découvrant son boxer en toile de tente.

— Mmm... impressionnant.

Il prit mes seins en coupe qu'il caressa avec possessivité à travers la dentelle. Je me cambrai pour me presser contre ses paumes, ravalant un gémissement quand il frotta son pouce sur mon mamelon.

— J'ai envie de poser mes mains partout sur ton corps.

— J'en ai envie aussi, dis-je en caressant son érection à travers son boxer.

Je le sentis frissonner sous mes doigts et son grondement sourd se répercuta entre mes cuisses. Ses mains glissèrent dans mon dos, s'attaquant à l'attache de mon soutien-gorge.

— Je peux ?

— Je t'en prie.

Il le dégrafa et le laissa tomber par terre. Le visage tendu par le désir, il couva des yeux mes seins et je hoquetai de plaisir quand il les prit en coupe et se mit à les caresser avec autorité. Il baissa la tête, et fit glisser sa langue d'une pointe dressée à l'autre.

Il les suça, les excitant d'un mordillement suivi d'un long coup de langue, me titillant encore et encore par des caresses hardies qui m'embrasaient et affolaient mes sens.

Il se redressa soudain et me regarda dans les yeux.

— Tu es sûre que c'est ce que tu veux ?

— Oui. Et toi ?

Il m'enserra la taille de son bras et me pressa contre son bassin, me décochant un sourire, véritable invitation aux préliminaires.

— D'après toi ?

— Je ne suis pas sûre d'être en mesure de réfléchir, à cet instant, dis-je, en me laissant aller contre lui. Tu me fais perdre la tête.

Son souffle balaya mes lèvres.

— Je peux en dire tout autant...

Il m'empoigna par les hanches et d'autorité me fit reculer jusqu'à son lit. Je me retrouvai pieds nus. Ses chaussures, ses chaussettes, son pantalon et son boxer atterrirent sur le sol. Il m'allongea et se redressa, laissant courir ses yeux mi-clos sur moi. J'aurais dû me sentir exposée, vulnérable et intimidée sous le feu de son regard, mais je me sentais juste féminine et sexy.

— Je prends un préservatif.

Il se pencha vers son portefeuille posé sur la table de chevet et en sortit un. Il déchira l'emballage et le déroula sur son sexe bandé.

Il s'allongea près de moi sur le lit, en appui sur un coude, et fit courir ses doigts sur mon corps, s'attardant sur mes seins, descendant jusqu'à mes cuisses, puis remontant. Il me caressait avec une lenteur calculée, presque nonchalante, comme s'il avait tout le temps, ou pour le retenir, tandis que le plaisir montait irrésistiblement en moi. La tension était telle que je me mis à me déhancher.

Grayson glissa une jambe par-dessus la mienne, poursuivant ses frôlements, me taquinant et m'excitant sans relâche. Je m'arc-boutai, mes hanches se soulevant d'elles-mêmes pour aller au-devant des assauts de sa bouche, de ses dents, de sa langue sur ma peau échauffée.

— Tu n'as pas idée depuis combien de temps j'ai envie de faire ça, dit-il d'une voix qui électrisa toutes mes cellules nerveuses.

— Vraiment ?

Alors là ! Si je m'attendais… J'inclinai la tête pour le regarder.

— Tu es très bon pour cacher ton jeu. Chaque fois que je te regarde, tu fronces les sourcils.

Il déposa un rapide baiser sur mes lèvres.

— Je ne fronce pas les sourcils là !

Je suivis de l'index le contour de sa bouche.

— Tu parais moitié moins intimidant quand tu souris. Tu devrais le faire plus souvent.

— Toi aussi.

Je fronçai le nez

— Je ne souriais pas, plus jeune, pour cacher mes dents qui se chevauchaient. Je les ai fait aligner, mais je suppose que les habitudes restent.

Je marquai une pause et ajoutai :

— Et puis après la mort de mon père et l'accident de Niamh, je n'ai pas eu beaucoup d'occasions de rire.

Grayson joua distraitement avec une mèche de mes cheveux, la faisant tourner autour de son doigt.

— Je suis désolé que tu aies dû affronter cette période

difficile, mais tu ne peux pas te rendre responsable de ces événements. Tu n'étais qu'une enfant. Et parfois les drames arrivent.

Pourquoi avais-je encore remis cet épisode de ma vie sur le tapis, dans un moment si intime. Je pris sa joue dans ma main, et m'en tirai par une pirouette.

— Est-ce que tu as ce genre de conversations profondes et sérieuses avec toutes tes maîtresses de passage ?

Une émotion altéra ses traits, si fugace que je crus l'avoir imaginée.

— Pas habituellement.

— Vous parlez de quoi ?

— De pas grand-chose.

— De la pluie et du beau temps ?

— Ça peut arriver.

Je posai ma paume contre son torse, sur son muscle pectoral droit. Sa peau était comme du satin chaud et je brûlais d'envie de goûter et d'explorer chaque centimètre carré de son corps avec ma bouche, mes doigts.

— Tu es nerveuse ?

Sa question me prit par surprise. Je ne pensais pas avoir manifesté le moindre signe de nervosité. Mais coucher avec un nouveau partenaire était toujours pour moi un moment de fragilité. Et si je ne l'excitais pas ? Si j'étais trop bruyante ou pas assez ? J'avais négligé mes besoins et ma libido depuis si longtemps que je ne savais pas comment mon corps allait réagir. D'une certaine façon, Grayson avait réveillé mes sentiments et c'était presque aussi terrifiant, plus en fait, que de me montrer nue. J'évitais d'ordinaire toutes les situations où je pouvais me retrouver émotionnellement vulnérable. Mais à son contact, j'avais envie de me dévoiler un peu plus, de lui montrer mon véritable moi. Mon moi intime, secret.

Je me mordillai la lèvre, détournant le regard.

— Cela fait un moment... depuis que j'ai... je n'ai été avec personne...

Grayson leva mon menton pour me forcer à le regarder.

— Tu as encore des sentiments pour ton ex ?

Moi, le cœur brisé ? Je grimaçai à cette idée ridicule. Ryan était une telle erreur de casting que je me demandai encore comment j'avais pu autant me tromper et faire durer la plaisanterie.

— Il n'a plus du tout compté à l'instant où il m'a clairement dit que ma sœur ne faisait pas partie de notre futur.

Grayson écarta une mèche de mon visage.

— Personne ne peut comprendre la dynamique et le sentiment de responsabilité qui nous animent. C'est le sang. Il n'y a pas un jour qui passe sans que je m'inquiète pour l'avenir d'Ethan.

Il soutint mon regard.

— On ne peut pas les laisser faire. Un mariage, ça ne se défait pas comme ça.

— Je sais, mais si on s'oppose trop frontalement à eux, ils vont persister et s'entêter.

— Comme pour nous ? dit-il avec un petit sourire contrit. On ne devait pas se toucher et regarde-nous maintenant. Il n'y a pas une partie de nos corps qui ne se touche pas.

— Tu ne touches pas ma bouche, là.

— Si ce n'est que ça...

Il envahit ma bouche de la façon la plus ravageuse qui soit, me laissant pantelante.

— Un autre endroit que j'ai négligé ?

— Je pense que tu es passé à côté de la face externe de mon sein gauche.

— Au temps pour moi.

Il enfouit son visage dans mon cou, et des lèvres et de la langue traça un sillon mouillé le long de ma gorge.

Mes pensées s'éparpillèrent sous la tension brûlante qui prit naissance entre mes cuisses quand il atteignit mon sein.

— Et je ne crois pas t'avoir touchée là non plus, murmura-t-il en pressant sa bouche sur mon nombril.

Je frissonnai sous les assauts de sa bouche. Il descendit plus bas et quand il souffla sur mon intimité mouillée, j'eus l'impression que mon cerveau disjonctait, littéralement. Il pressa doucement sa bouche sur moi.

Je me cambrais sans savoir si c'était pour échapper ou aller à la rencontre de sa langue, pour faire cesser ou accentuer les sensations inédites qui déferlaient en moi en vagues serrées. Je me figeai soudain dans un hoquet choqué, avant d'être percutée par une vague de plaisir intense.

— Waouh, ça ne m'est jamais arrivé avant, bredouillai-je, émerveillée.

Grayson remonta sur moi pour me regarder.

— Qu'est-ce que tu veux dire ? demanda-t-il tout en caressant ma cuisse.

— Je n'ai jamais ressenti autant de plaisir.

Je baissai les yeux avec une soudaine gêne, avant d'avouer tout bas :

— J'ai toujours simulé.

Il releva mon menton, accrochant mon regard. Je ne lus ni jugement ni critique dans ses yeux. Comment voulait-il que je ne tombe pas sous son charme, quand il me regardait avec cette douceur et qu'il se montrait si prévenant, si compréhensif ? Il ne me facilitait vraiment pas les choses !

— Je suis heureux que tu te sentes à l'aise avec moi.

J'enfouis mes doigts dans ses cheveux.

— Je viens de penser à un autre endroit que tu n'as pas touché.

— Vraiment ? Je manque à tous mes devoirs. Je ne voudrais pas que tu penses que j'ai perdu le doigté.

Grayson Barlowe ne perdait rien du tout – enfin pour autant que j'étais concernée. Non, c'était moi qui étais sur le fil de perdre l'esprit ou pire – mon cœur.

Il me tint serrée contre lui alors que j'explosai une nouvelle fois en une série de spasmes brûlants. Je le sentis à son tour basculer dans la jouissance et resserrai mes bras autour de lui.

Nous restâmes enlacés, un long moment, le corps secoué de soubresauts, le calme de la chambre troublé seulement par le bruit de nos respirations haletantes.

Je finis par trouver le courage de tourner la tête et de l'observer, étendu à mes côtés. Il ouvrit aussitôt les yeux comme s'il avait senti mon regard sur lui.

— Hé, dit-il d'une voix grave, entremêlant ses doigts aux miens. Est-ce que ça va ?

— Pourquoi est-ce que ça n'irait pas ? Je viens de connaître l'orgasme multiple pour la première fois de ma vie.

Je tentai un trait d'humour, mais au fond de moi, j'étais chavirée par la passion et le plaisir qu'il avait déchaînés en moi.

Grayson roula sur le côté, en appui sur un coude. Il chercha son regard, traçant sensuellement du bout du doigt des cercles autour de la pointe de mon sein, me tirant un gémissement de plaisir.

— Tu es très réactive.

— Qui aurait cru que deux ennemis pouvaient s'entendre aussi bien ?

Je m'accrochai à mon personnage de la fille amusante, qui ne cherchait rien de sérieux, mais ça ne sonnait pas juste. C'était comme avoir enfilé son pull à l'envers et le devant derrière.

— Est-ce comme ça que tu nous vois ? Comme des ennemis ? susurra-t-il tout en me caressant.

J'eus un petit mouvement d'épaule et détournai les yeux, incapable de soutenir son regard qui enregistrait chacune de mes réactions.

— On ne peut pas non plus dire que nous sommes amis, n'est-ce pas ?

Il y eut quelques battements de silence.

— Nous le serons par la force des choses si Ethan et Niamh restent ensemble, finit-il par dire. Est-ce que ce sera un problème pour toi ? Je veux dire, après ce qui vient de se passer ce soir ?

— Non. C'était le deal... Une seule nuit, dis-je sans rien laisser paraître.

Son regard dériva vers ma bouche.

— Je devrais te ramener chez toi.

Je n'avais aucune idée de l'heure, mais on devait avoir dépassé l'heure du coucher.

— Tu devrais...

— Mais je ne vais pas le faire.

J'observai la tension qui montait dans son regard et sentis mon corps s'embraser aussitôt.

— Oh ! vraiment ?

— Je n'en ai pas encore fini avec toi.

Et avant que j'aie pu réfléchir à une repartie, il bâillonna ma bouche de la sienne.

7

Je me réveillai, distinguant nettement le chant des oiseaux. Mon regard se posa sur l'arbre devant la fenêtre. Je finis par percevoir au loin les bruits étouffés de la circulation. Grayson n'était pas à côté de moi, mais l'oreiller gardait encore l'empreinte de sa tête. Mon ventre se contracta au souvenir de nos ébats de la nuit. J'étirai mes jambes, frissonnant sous la caresse du drap sur ma peau. Son parfum flottait encore dans l'air et j'inspirai profondément comme une accro en manque.

Je devais pourtant revenir sur terre.

Nous nous étions mis d'accord et je ne le supplierais pas de me garder encore un peu.

Je me levai et me mis en quête de mes vêtements. Ils n'étaient plus éparpillés sur le sol, mais pliés sur une chaise en bois. Je m'empressai de les enfiler. Tous mes muscles étaient endoloris comme si j'avais couru un marathon. J'aurais rêvé de me glisser sous le jet d'eau chaude, mais je préférais ne pas m'éterniser. Je devais remettre mon armure et partir de chez Grayson au plus vite, avant d'être tentée de laisser ma brosse à dents dans sa salle de bains.

J'ouvris vivement la porte de la chambre et dans mon élan percutai Grayson qui s'apprêtait à entrer, un plateau dans les mains. Une des tasses de café se renversa sur moi. Café noir

sur robe noire, cela aurait pu être pire - mais le café était très chaud et je lâchai un petit glapissement en écartant le tissu de ma peau.

— Ça va ? s'inquiéta Grayson, en écartant le plateau.

— Tu aurais pu frapper avant d'entrer, dis-je en lui lançant un regard sévère à le figer sur place.

— Aux dernières nouvelles, c'était ma chambre, rétorqua-t-il aussi sec.

Il marqua une pause et laissa échapper un soupir.

— Désolé. Ce n'est pas ce que je voulais dire. Mettons ça sur le compte du manque de sommeil, tu veux bien ?

— C'est ta faute aussi !

J'étais en colère, pas pour le café, mais contre moi, d'être touchée qu'il m'en ait apporté un. Ça n'allait pas avec notre arrangement « du sexe sans sentiment ». Personne ne m'avait jamais apporté du café et des toasts le matin au réveil, ni mon ex, ni même Niamh… d'abord parce que j'étais toujours la première debout.

— Je t'ai brûlée ?

L'inquiétude dans sa voix dissipa mon accès de colère et ouvrit encore un peu plus la petite fissure à la surface de mon cœur.

— Non, j'ai surréagi. Désolée, dis-je dans un soupir. Tu m'as prise par surprise, c'est tout.

— Tu m'as pris par surprise aussi.

Le rouge me monta aux joues alors que des images torrides de la nuit passaient devant mes yeux. Il me faudrait probablement des mois pour oublier. Peut-être même des années. *Tu parles !* Je serai à l'hiver de ma vie que j'y penserai toujours, le soir au coin du feu.

— Je vais arriver en retard au travail si je ne me presse pas. Merci pour… le dîner et… euh…

Grayson m'attira contre lui. Son odeur, sa chaleur m'enveloppèrent, affolant mes sens.

— Tu es libre demain soir ?

Je clignai des yeux comme une chouette débusquée.

— Pourquoi ?

— On devrait au moins mettre quelques idées sur la table au sujet de la maison de ta sœur et de mon frère. On leur montrerait ainsi notre bonne volonté.

— Oh ! oui, c'est juste… oui, on devrait faire ça.

— Je me dis que si nous leur montrons qu'on travaille ensemble sur les plans de cette maison, ils y verront une marque de bonne volonté. Ils seront moins sur la défensive et accepteront d'eux-mêmes de prendre un peu de temps pour réfléchir.

— Ce n'est pas rien de construire une maison. Ethan a-t-il l'argent pour le faire ? Niamh a quelques économies, mais pas suffisamment pour…

— Ce n'est pas un souci pour lui, entre le revenu de son capital que je gère pour lui et son salaire.

— Alors il a un vrai travail au sein de votre entreprise ? Ce n'est pas qu'un poste symbolique ?

Grayson fronça les sourcils.

— Bien sûr que non. Il n'aurait jamais accepté de faire de la figuration. Il travaille avec l'équipe design sur un logiciel assez complexe. Cela lui demande un peu plus de temps qu'il le voudrait, mais on a aménagé le poste à son handicap.

— Il a de la chance de t'avoir.

— C'est nous qui avons de la chance de l'avoir. Cela aurait pu être si différent… Hé, souffla-t-il en me caressant la joue.

Je levai les yeux, submergée par mes propres regrets.

— Je dois y aller. J'ai rendez-vous avec un client.

— Je t'emmène.

— Non, je vais prendre le métro, dis-je en me tournant vers la porte. Ce sera plus rapide. Mais merci de proposer.

— Ash.

Mon prénom dans sa bouche faillit me faire tomber à genoux. Sa voix se répercuta à travers mon corps, embrasant mes sens.

Je pivotai vers lui, affichant une indifférence nonchalante que j'étais loin de ressentir.

— Oui ?

— Il vaut sans doute mieux que nous gardions pour nous ce qui vient de se passer.

— Bien sûr. Je serai bouche cousue, acquiesçai-je en faisant le geste de coudre ma bouche.

Il esquissa un petit sourire.

— Où veux-tu qu'on se retrouve pour discuter du projet ? Mon bureau ou le tien ? Tu préfères qu'on se voie en terrain neutre ?

— À ton bureau, c'est parfait.

— On veut jeter un coup d'œil à l'antre de l'ennemi ? lança-t-il avec humour.

— Et comment ! dis-je en agitant le bout de mes doigts en guise d'au revoir, avant de tourner les talons.

Quand je rentrai chez moi en fin de journée, Niamh m'attendait. Il y avait encore deux jours, la scène aurait été tout ce qu'il y a de plus normal, mais depuis qu'elle m'avait annoncé qu'elle s'était fiancée à Ethan, elle n'était pas rentrée du tout.

— Où est Ethan ? demandai-je en posant mon sac. Je croyais que vous ne vous quittiez plus.

— Il a une session d'entraînement aujourd'hui. Je me suis dit que c'était l'occasion pour nous de passer du temps ensemble et de discuter du mariage. J'ai des idées pour ma robe. Tu veux voir ?

Elle fit défiler les images sur son téléphone, avant d'incliner son écran vers moi.

— Qu'est-ce que tu en dis ?

C'était exactement le genre de robes qu'adorait ma sœur. Blanche avec beaucoup de tulle, un voile et une très longue traîne.

— Mmm, très jolie.

Niamh inclina la tête sur le côté et me considéra gravement.

— Ça va ?

— Ça va.

Je passai une main dans mes cheveux et soupirai.

— C'est juste que la journée a été longue.

Niamh s'assit à côté de moi.

— Où est-ce que tu étais la nuit dernière ?

Je n'avais aucune envie de mentir à ma sœur. Pour autant, je ne tenais pas à lui dire ce que j'avais fait de ma nuit ni avec qui je l'avais passée.

— J'étais… dehors.

— Dehors *toute* la nuit ?

Je clignai des yeux.

— Comment ça ?

Elle agita sous mon nez l'écran de son téléphone ouvert sur l'application de géolocalisation. Pour le coup, c'était l'arroseur arrosé. Si je pouvais suivre ses mouvements et savoir où elle se trouvait à n'importe quel moment, c'était aussi vrai dans l'autre sens.

— Tu étais chez Grayson la nuit dernière.

À quoi bon le nier ? Elle avait la preuve sous les yeux.

— Oui, bon, nous devions discuter, alors…

— De quoi ?

Je me relevai et lissai distraitement ma robe du plat de la main.

— De toi et d'Ethan, pour commencer.

Un éclat frondeur éclaira son regard.

— Tu ne me crois pas prête pour le mariage, c'est ça ? Mais tu te trompes. J'aime Ethan et il m'aime.

— Je suis heureuse pour toi, vraiment. C'est juste que je suis d'accord avec Grayson. Tout va trop vite. Vous êtes en train de précipiter les choses.

— Tu dis ça à cause de son handicap ou du mien ?

— Non, bien sûr que non. Mais on ne peut pas faire comme si vous n'en aviez pas. Vous ne pouvez pas vous lancer dans une vie commune sans y avoir mûrement réfléchi. Ce sont des efforts au quotidien. Vous devez en être conscients. Tu auras besoin d'aide.

— Mais on peut compter l'un sur l'autre.

— Cela pourrait ne pas suffire.

Niamh se pinçait la peau des phalanges– ce qu'elle faisait quand elle était nerveuse.

— Mais tu seras là, n'est-ce pas ? demanda-t-elle sans me regarder, les yeux fixés sur ses doigts.

Je m'accroupis devant elle et posai les mains sur ses genoux pour avoir toute son attention.

— Je serai toujours à tes côtés pour te soutenir, Niamh.

Elle me jeta un regard sous ses cils, avant de reporter son attention sur ses mains.

— Mais un jour, tu tomberas amoureuse et tu te marieras.

— Je ne vais pas tomber amoureuse ni me marier.

— Pourquoi est-ce que tu ne veux pas ? C'est la plus belle chose que l'on puisse ressentir au monde.

Je lui pris une de ses mains et la serrai dans la mienne.

— Je n'étais pas amoureuse de Ryan, je croyais juste

l'être à l'époque. C'est pour ça qu'il est important de ne pas se précipiter.

— Tu es restée trois ans avec Ryan. Comment as-tu fait pour ne pas voir que tu n'étais pas amoureuse de lui ?

Je lui lâchai la main et me redressai.

— Je crois que j'ai très vite compris qu'il n'était pas fait pour moi. Il m'a fallu un peu plus de temps pour l'admettre.

Je plaquai un sourire sur mes lèvres et ajoutai :

— Bon, on a assez parlé du passé. Tu restes pour dîner ?

Elle se leva.

— Non, je retrouve Ethan au sport. Sa session d'entraînement ne va pas tarder à finir. Je voulais prendre deux ou trois affaires et voir si tu allais bien.

Je fronçai les sourcils, troublée. C'était moi qui veillais sur elle, pas l'inverse.

— Pourquoi as-tu ressenti le besoin de voir si j'allais bien ?

— Tu as passé la nuit avec Grayson Barlowe.

Elle avait parlé comme on énonce un fait, sans la moindre trace de désapprobation ni d'accusation dans la voix.

Je m'humectai les lèvres, mal à l'aise.

— On a mangé ensemble et discuté de choses et d'autres.

— Vous deviez avoir beaucoup de choses à vous dire. Chaque fois que je regardai mon téléphone, tu n'avais pas bougé.

Je sentais la chaleur se propager de mes joues à d'autres parties de mon anatomie. Niamh n'avait pas pu rester sur son téléphone toute la nuit. Elle avait bien dû finir par aller dormir... Non ?

— La soirée s'est terminée tard. Mais j'ai réussi à ne pas me prendre le bec avec lui.

Ma sœur inclina la tête sur le côté et plissa les yeux comme un petit oiseau curieux.

— Alors tu commences à bien l'aimer ?

Pourquoi ma sœur s'intéressait-elle autant à ce que je pouvais ressentir pour le frère aîné de son fiancé ?

— Je t'emmène au centre sportif ?

— Non. Ethan m'a réservé une voiture. Elle devrait être là d'une minute à l'autre, répondit-elle naturellement, comme si elle n'avait pas remarqué le changement sans subtilité de sujet.

Elle jeta un coup d'œil à son application de covoiturage et ajouta :

— Ah ! Mon transport est là.

Elle s'avança vers moi et me fit un câlin, avant de me planter un baiser sur la joue.

— Est-ce que Grayson et toi pouvez venir dîner samedi soir ? Ethan et moi, on aimerait vous cuisiner un repas à tous les deux.

Ma sœur et la cuisine, ça faisait deux. Et pour cause, c'était moi qui nous faisais généralement à manger. Ethan, lui, avait peut-être plus l'habitude de cuisiner... En tout cas, ils passaient tous les deux à l'offensive, déterminés à nous prouver, à Grayson et moi, qu'ils étaient autonomes et prêts pour le mariage.

— Ça semble... bien.

— Super, s'exclama ma sœur en attrapant son cabas et un petit sac de voyage dans lequel elle avait dû glisser quelques vêtements. On se voit samedi, alors. On dit 20 heures ?

— 20 heures, ça marche.

J'arrivai comme convenu au bureau de Grayson le lendemain soir, mais sa secrétaire m'informa qu'il était encore avec un client.

— Il a pris du retard, mais il ne devrait pas tarder. Je peux vous proposer quelque chose à boire, en attendant ? s'enquit-elle gentiment.

— Ça va, merci, je vais l'attendre, dis-je en me dirigeant vers la salle d'attente.

Je m'installai sur un canapé en cuir souple caramel et pris le premier magazine en papier glacé de la pile, que je feuilletai distraitement quelques instants, avant de le reposer. Je laissais courir mon regard autour de moi. Des fleurs fraîches, une table basse en marbre, d'épais tapis couleur crème, des meubles modernes. Il se dégageait de l'ensemble une impression de confort luxueux... jusqu'à ce canapé dans lequel j'avais la sensation de m'enfoncer de plus en plus.

Malgré les tapis qui étouffaient les bruits, je perçus le pas de Grayson qui approchait, si caractéristique, légèrement inégal. Je levai les yeux et lui adressai un sourire.

— Comment a été ta journée ?

— Chargée. Et la tienne ?

— Couci-couça.

Je voulus me lever du canapé, mais sous-estimai la force d'attraction des coussins moelleux sur mon corps.

— De l'aide ? dit-il en me tendant la main.

Je glissai ma main dans la sienne. Ses doigts s'enroulèrent autour des miens et il me tira vers lui. Je me retrouvai debout, si près de lui que la pointe de nos chaussures se touchait presque. Il me suffirait de me pencher pour le respirer dans le cou et le goûter, puis ses bras s'enrouleraient autour de moi...

— Merci. Euh... Ça va aller. Je ne vais pas retomber en arrière, promis ! dis-je avec humour alors qu'il ne semblait pas décidé à me rendre ma main.

Je présumais sans aucun doute de mes forces, car je me sentais chancelante. C'était l'effet Grayson Barlowe sur mes muscles et mon organisme.

Il m'entraîna dans le large couloir et s'adressa à sa secrétaire, en passant devant son bureau :

— Vous pouvez y aller, Caroline. Merci d'être restée.

— Pas de soucis, répondit cette dernière en nous souriant.

Il ouvrit la porte de son bureau et m'invita d'un geste de la main à entrer. Je passai devant lui et promenai mon regard autour de moi.

— Tu veux boire quelque chose avant de commencer ?

— Mmm, à quoi penses-tu ?

Ses yeux glissèrent vers ma bouche et je sentis mon ventre se contracter.

— Tu veux savoir à quoi je pense… rien qui se rapporte au travail et à des plans.

Sous son regard brûlant, un frisson me parcourut.

— Je croyais qu'on ne parlerait plus de ce qui s'était passé l'autre nuit, dis-je dans un souffle.

Grayson se rapprocha de moi, glissa les doigts dans mes cheveux, cala une mèche derrière mon oreille.

— On peut assouplir un peu les règles, murmura-t-il.

— On peut ?

— Si tu le veux.

— Et toi, tu le veux ?

— J'en ai envie, dit-il en m'empoignant par les hanches pour m'attirer tout contre lui. Oui, j'en ai terriblement envie.

Il s'empara de ma bouche et m'embrassa. Un baiser du genre ravageur, qui affola mes sens et embrasa mon ventre. Nos langues glissaient l'une sur l'autre en une danse érotique parfaitement rythmée. Je ne pouvais plus me passer de son goût. Ce soupçon de menthe et de café était ma nouvelle passion.

Il finit par s'écarter sans me lâcher pour autant.

— Je m'étais promis que ça n'arriverait pas, dit-il d'une voix altérée. Ça ne devait pas arriver.

— On est tous les deux majeurs et vaccinés, non ?

— Je ne fais pas dans les relations de couple. Cela ne peut être qu'une aventure.

— Je ne recherche pas de relation de couple non plus.

Il m'observa un moment comme s'il cherchait à lire dans mes pensées.

— Je n'ai pas pu te sortir de ma tête.

— Heureuse de savoir que je t'ai fait une aussi forte impression !

— J'ai envie de toi, dit-il en m'attirant contre lui, avec un sourire sensuel.

Je me pressai contre lui, roulai des hanches pour accentuer la friction et ajoutai avec un sourire lascif :

— Je suis juste meilleure que toi pour le cacher.

Il gronda contre ma bouche et m'embrassa à nouveau, me goûtant avec ardeur. Je me laissai prendre par sa langue séductrice et, perdant toute retenue, je lui rendis son baiser avec passion. Nous nous débarrassâmes de nos vêtements en un clin d'œil. Je restais toujours surprise de ne ressentir aucune gêne de me retrouver nue devant lui. Je ne pouvais rien lui cacher, et je n'en avais pas envie.

— Tu es vraiment sublime, dit-il en laissant courir son regard sur mon corps.

J'enfouis le nez dans son cou, respirai son odeur.

— Tu n'es pas mal non plus, chuchotai-je, en faisant courir mes lèvres dans son cou, descendant vers son torse.

Il posa sa main au creux de mes reins.

— Reviens par là. J'ai envie de ta bouche.

Nous nous embrassâmes encore, perdant toute notion de temps. Un éclair de plaisir et le désir me serrèrent le ventre, se nichant dans mon abdomen, irradiant presque douloureusement jusqu'à mon entrejambe. Impatiente, je le pris dans mes mains et le caressai sur toute sa longueur.

Il poussa un bruit de gorge torturé et se pressa contre moi d'un mouvement de hanche.

Il s'écarta brièvement le temps d'enfiler un préservatif, avant de revenir vers moi et de m'allonger sur le bureau. Il enfouit sa tête entre mes cuisses. Je fermai les yeux, m'abandonnant au plaisir qu'il imprimait à mon corps. C'était d'une intimité et d'un érotisme nouveaux pour moi. J'aurais juré avoir fait trembler tous les stylos posés sur le bureau quand le plaisir explosa en moi en une succession de spasmes et que je jouis.

Je restai allongée, pantelante, incapable d'esquisser un mouvement, d'aligner deux pensées, d'articuler un mot.

— Tu as la mine de quelqu'un qui vient de passer un très bon moment, dit-il en me caressant la cuisse.

Je pris appui sur mes coudes pour le regarder.

— Qui aurait cru que s'envoyer en l'air sur un bureau serait aussi amusant ?

— C'est ta première fois sur un bureau ?

— Oui, mes expériences dans le domaine du sexe sont tristement limitées.

— Impossible de te laisser comme ça, susurra-t-il d'une voix chargée de promesses charnelles.

Il me descendit de son bureau et me prit dans ses bras, s'emparant de ma bouche pour un baiser étourdissant qui ne me laissa aucun doute sur son état d'excitation et embrasa une nouvelle fois mon propre désir.

Très vite, on se retrouva au sol, jambes et bras entremêlés. Il s'enfonça en moi avec un grondement de plaisir et se mit à bouger en moi sur un rythme lent et langoureux. Mais je voulais qu'il se lâche, qu'il perde tout contrôle, revendique son désir, sa nature dominante et sensuelle. Je me cambrai, me poussant un peu plus contre lui pour lui faire comprendre l'étendue de mon désir, lui chuchotant d'aller plus vite, plus fort. Ses mouvements de va-et-vient se firent puissants, impérieux, gagnant en intensité. J'avais la sensation de ne faire plus qu'un avec lui comme si nos deux corps avaient fusionné. L'étirement et la brûlure de mon intimité autour de son sexe irradièrent tout mon être alors qu'il m'envahissait, me remplissait, me distendait.

Une surcharge de sensations voluptueuses déferla sur moi. C'était comme se retrouver au cœur de la tempête sur une mer agitée et que je ne pouvais que me laisser ballotter au gré des éléments.

Une onde de chaleur se déploya dans mon ventre, irradiant jusque dans mes membres.

Je poussai un cri, percutée par le plaisir, et soulevai mes hanches pour aller à sa rencontre. La tension sexuelle grésillait entre nous, comme si un arc électrique nous reliait. Ses mouvements se firent brusques et saccadés. Je l'enlaçai alors qu'il était sur le point de basculer, le corps secoué de tremblements.

Pourquoi personne ne m'avait dit que le sexe pouvait être aussi fort et intense ? J'avais l'impression d'avoir été flouée toutes ces dernières années !

Grayson retomba sur moi, le nez dans mon cou.

— Je suis trop lourd ?

— Non, soufflai-je en lui caressant le dos.

J'aimais sentir son corps musclé qui m'épinglait au sol, nos deux corps emboîtés à la perfection. J'aimais sentir mes jambes entremêlées aux siennes. J'aimais le sexe avec lui. J'aimais tout chez lui. C'était le problème.

Il se souleva sur ses coudes et me contempla.

— Et sur le sol d'un bureau ? Tu avais déjà fait ça ?

Je secouai la tête et nouai les bras autour de son cou.

— J'espère que les frottements sur le tapis ne t'ont pas brûlé le dos, dit-il, en me dévisageant, les yeux mi-clos.

— Si c'est le cas, ça en valait le coup.

— Retourne-toi, je vais vérifier.

Je basculai sur le ventre et posai la tête sur mes bras croisés sur le sol.

— Non, tu n'as aucune marque, dit-il en effleurant mon dos de la main.

— Est-ce qu'il y a une fin heureuse avec ce massage ? dis-je d'un ton aguicheur.

— Tu en veux une ?

— Au risque de paraître insatiable, oui.

Il fit courir ses doigts sur ma nuque, descendit jusqu'au creux de mes reins, puis s'attarda sur la courbe arrondie de mes fesses, allumant des étincelles sur ma peau. Je frissonnai comme traversée par un courant électrique.

— Je vais prendre un autre préservatif.

Il s'éloigna, me laissant, le corps vibrant d'excitation et d'impatience. Je tournai la tête, me tordis le cou.

— Qu'est-ce qui te prend autant de temps ?

Il me surplombait, les pupilles dilatées, avalant presque le bleu de ses iris.

— J'apprécie la vue.

Mon œil enregistra soudain la cicatrice blanche qui zigzaguait comme un éclair sur sa jambe gauche, du haut de sa cuisse jusqu'au milieu de son mollet gauche.

Je roulai sur le dos et me redressai, les genoux serrés sur ma poitrine, les bras autour des tibias.

— Est-ce qu'elle te fait encore mal ? Je parle de ta jambe.

Une ombre glissa sur son visage.

— Pas trop.

— Cela n'impacte en rien ta performance au lit, sur le bureau… ou sur le sol.

— C'est bon à savoir.

Je restai silencieuse, le menton sur mes genoux.

— Est-ce que j'ai plombé l'ambiance ?

— Qu'est-ce que tu en penses ?

Je promenai mon regard sur son corps et sa virilité triomphante.

— Je pense que non.

— Viens par-là, ronronna-t-il.

C'est ce que je fis. Dans tous les sens du terme… je dis ça, je ne dis rien…

8

J'écartai la souris et m'adossai à la chaise qu'il m'avait installée près de son fauteuil, à son bureau.

Après nos ébats passionnés, nous avions décidé d'essayer de mettre sur ordinateur quelques idées pour la maison d'Ethan et Niamh, mais je ne sentais pas Grayson dedans.

— Ça ne fonctionne pas vraiment, n'est-ce pas ? dis-je en lui coulant un regard.

Il passa une main dans ses cheveux et soupira.

— C'est trop tôt pour réfléchir aux plans d'une maison. Ça ne fait même pas deux mois qu'ils se connaissent. C'est pareil pour cette idée de mariage.

— Je l'ai déjà dit, pour certains, la connexion et l'alchimie sont instantanées.

Il se tourna vers moi et mon cœur se mit à vibrionner.

— Tu penses que ta sœur a vraiment des sentiments pour mon frère ?

Qu'est-ce que je pouvais répondre à ça ?

— Elle le croit, en tout cas.

Il reporta son attention sur l'écran de l'ordinateur, les lèvres serrées.

— Ils ne nous ont même pas donné de plan détaillé. Généralement, je passe au moins deux heures, voire plus, avec un client lors de la première consultation. On règle les incohérences, les contraintes techniques et d'urbanisation. Si c'est carré dès le début, ça fait gagner du temps et de l'argent.

Il fit un vague geste de la main vers la feuille de papier imprimée sur le bureau, un rictus désabusé aux lèvres

— On dirait qu'Ethan a laissé Niamh décider de la place de chaque chose. Je l'ai connu plus avisé… Il travaille pourtant avec moi depuis assez longtemps.

— Parfois, l'amour vous fait faire des choses folles. Le raisonnable n'a plus sa place. Je trouve que c'est plutôt touchant, en fait.

Grayson tourna la tête vers moi, la mine sérieuse, avec ce froncement de sourcils caractéristique.

— Qu'est-ce qu'il y a de touchant à un plan de maison totalement inadapté à mon frère ?

— Peut-être que Niamh ne voit pas le handicap de ton frère. Elle voit juste le garçon qu'elle aime.

— Ou qu'elle croit aimer, lâcha-t-il sur le ton de la raillerie. Lui plairait-il autant sans son compte en banque rebondi ?

Je reculai ma chaise et me levai.

— Je crois qu'on en a fini pour ce soir.

Grayson fit pivoter son fauteuil pour me regarder, le visage fermé.

— Tu es en colère.

— Je suis furieuse, oui. Tes insinuations sur ma sœur sont insultantes. Je te l'ai dit, les questions d'argent et de statut social lui passent au-dessus de la tête. Ça ne l'impressionne pas du tout. Elle aime Ethan pour ce qu'il est et ce qu'il lui fait ressentir.

— Mais tu viens de dire qu'elle croit l'aimer.

Mes épaules s'affaissèrent.

— Je ne suis pas dans son cœur. Tous les signes sont là, mais...

— Quels signes ?

— Ils veulent être tout le temps ensemble. Ils se regardent dans les yeux, beaucoup. Ils ne peuvent pas s'empêcher de se toucher et calquent leurs mouvements sur l'autre. On dirait qu'ils font les choses en miroir.

— Ce n'est pas vraiment une science exacte.

— Non, mais ce n'est pas non plus dénué de fondement.

Grayson recula son fauteuil et se leva. Il se rapprocha de moi et me prit les mains qu'il serra avec douceur.

— Toujours en colère contre moi ?

Je lui lançai un regard sous mes cils.

— Tu ne t'es pas encore excusé.

— Je suis désolé.

— Excuses acceptées.

— Tu veux qu'on s'arrête pour manger un morceau quelque part avant que je te ramène chez toi ?

Difficile de lui dire que je n'avais pas faim quand mon estomac, le traître, choisit pile ce moment pour se faire entendre.

— Ce serait bien, oui.

Il baissa la tête et me planta un baiser sur mes lèvres.

— On va devoir être prudents devant Ethan et ta sœur pour ne pas nous trahir samedi soir.

— Niamh sait déjà que j'étais chez toi, l'autre nuit. Elle m'a géolocalisée depuis l'application sur son téléphone. Je n'avais pas conscience qu'elle pouvait le faire.

Grayson fronça les sourcils.

— Elle se doute de quelque chose ?

— Je ne pense pas. Je l'ai joué très simplement. Je lui ai dit que nous avions mangé, discuté. Ma sœur déteste les conflits et elle veut qu'on s'entende tous. Ça la bouleverserait si vous vous fâchiez, Ethan et toi, à cause de leur relation.

Il m'attrapa par les hanches pour me ramener contre lui.

— Ça va être dur de ne pas te toucher.

Je nouai les bras autour de sa taille et m'abandonnai à son étreinte.

— On se rattrapera plus tard quand on sera seuls.

— Bon plan, lâcha-t-il avec un sourire insolent qui me remua jusqu'au creux du ventre.

Nous avions convenu avec Grayson d'arriver chez Ethan séparément pour ne pas éveiller les soupçons de nos hôtes. J'arrivai donc un peu plus tôt, avec dans l'idée d'aider Niamh en cuisine. Elle ne l'entendit pas du tout de cette oreille, en m'accueillant à la porte.

— Non, Ash. Je n'ai pas besoin de toi. Ethan et moi gérons. Tu vas aller dans le salon, te détendre avec un verre en attendant Grayson. Oh ! Bien, le voilà.

Je me tournai vers lui et marmonnai un vague « salut ». Il prononça à son tour quelque chose d'inintelligible.

Le regard de Niamh passa de l'un à l'autre. Elle plissa le front, une lueur de désapprobation au fond des yeux.

— Est-ce que vous vous chamaillez encore ?

— Nous avons signé un genre d'armistice, pas vrai, Ash ? réagit Grayson aussitôt, une lueur grivoise dans les yeux à ma seule intention.

« Genre d'armistice » ? C'était le nom de code pour « liaison passagère » ? Un bruit étranglé proche du rire nerveux m'échappa que je m'empressai de dissimuler derrière une quinte de toux. Je ne me voyais pas dire à ma sœur que nous ne faisions pas la guerre, mais l'amour.

— En effet, dis-je d'une voix plate.

— Tant mieux, parce que je veux que tout soit parfait, ce soir. Ethan et moi on s'est donné beaucoup de mal pour vous préparer ce repas.

Ethan s'avança vers nous, tout sourire, dans son fauteuil roulant.

— T-tu es t-trop indulgente avec moi, bébé, dit-il en regardant amoureusement ma sœur. C'est t-toi qui a f-fait le plus gros du t-travail.

En voyant Niamh littéralement rayonner sous le compliment, j'en conçus presque un peu de jalousie. J'aurais voulu qu'on me regarde comme Ethan regardait ma sœur. Je ne me souvenais pas avoir vu une lueur de fierté dans les yeux de mes parents quand je rapportais mon bulletin de notes. Et après l'accident de Niamh, il n'était plus question pour ma mère de s'extasier devant mon brillant parcours scolaire quand sa cadette était empêtrée dans ses difficultés.

Grayson et moi nous retrouvâmes dans le salon, un verre dans la main, pendant qu'Ethan et ma sœur disparaissaient en cuisine. Je pris une gorgée de champagne, promenai mon regard sur Finsbury Park. Quelles banalités pouvais-je bien échanger avec l'homme qui m'avait vue nue ? Qui avait exploré chaque centimètre carré de mon corps et qui m'avait fait l'amour pendant des heures ?

— Tu es divine dans cette robe, susurra Grayson dans mon dos.

Je pivotai sur moi-même, et tressaillis en croisant son regard. Il me dévorait littéralement des yeux.

— Tu vas vendre la mèche si tu continues à me regarder comme ça, dis-je d'une voix éraillée, en guettant du coin de l'œil la porte de séparation avec la cuisine.

— Et comment est-ce que je te regarde ?

— Comme si tu voulais m'enlever cette robe et me sauter dessus.

— C'est exactement ce que j'ai envie de faire, lâcha-t-il avec un sourire.

— Oublie ça pour le moment.

Il se rapprocha de moi, puis inclina le visage et déposa un léger baiser sur mes lèvres. À l'instant où nos bouches se connectèrent, l'embrasement fut instantané, comme l'huile et le feu. On s'embrassa avec une passion déchaînée. Sa barbe naissante brûlait comme des flammes contre mes lèvres gonflées. C'était tout à la fois frénétique, sauvage et silencieux.

Grayson finit par relever la tête, le souffle court.

— Je ne crois pas avoir jamais désiré quelqu'un aussi fort.

— Pareil, chuchotai-je en essuyant du pouce les traces de mon rouge à lèvres sur sa bouche.

Pourquoi était-ce si fort et enivrant entre nous au point de perdre toute retenue ? Peut-être parce que nous avions conscience que ce n'était qu'une aventure et que nous voulions en profiter sans perdre une seule minute… Était-ce le temps compté qui décuplait notre désir ?

En entendant le bruit du fauteuil d'Ethan, je m'écartai de Grayson comme si je venais de me brûler. Et brûlée, je l'étais. J'étais même cramée, carbonisée par un désir qui me consumait et me projetait dans un territoire dangereux. Celui des sentiments et des émotions, qui n'avaient pourtant pas leur place entre nous.

Niamh apparut dans la pièce avec Ethan. Elle plissa les yeux en me voyant.

— Qu'est-ce qui est arrivé à ton menton ?

— Rien. Pourquoi ?

— C'est tout rouge. On dirait une irritation ou une allergie, poursuivit-elle en se rapprochant pour inspecter mon visage.

Je réalisai soudain avec horreur que notre baiser volé m'avait laissé des traces. J'étais prise en flagrant délit de mensonge, les doigts dans le pot de confiture.

— Ça doit être le champagne… une réaction aux sulfites, marmonnai-je en posant mon verre. Ça va passer.

— Mais c'est la première *fois* que ça te le fait, insista Niamh.

Je n'avais jamais été embrassée aussi fougueusement non plus.

— J'ai de la crème dans mon sac. Je reviens.

Je me levai et me dirigeai vers la salle de bains. Je refermai la porte et fonçai sur le miroir au-dessus de la vasque. *Bon sang !*

C'était comme s'il m'avait imprimé sa marque sur ma peau.

Je sortis de mon sac un tube échantillon de fond de teint pour tenter de camoufler les rougeurs. J'appliquai une nouvelle couche de gloss sur mes lèvres et glissai le tube dans mon sac. Je n'avais hélas rien pour mes yeux un peu trop brillants et la tension qui faisait vibrer mon corps.

Niamh avait servi l'entrée quand je revins dans la salle à manger. Elle s'était même donné la peine d'écrire nos prénoms sur des petits cartons, et elle m'avait placée en face de Grayson. Je croisai son regard et je dus prendre sur moi pour ne pas montrer l'émoi qu'il provoquait en moi. Mais il décida de me compliquer les choses quand il se mit à me faire du pied sous la table.

Et là, je ressentis comme un phénomène de dissociation. Je mangeais, souriais, prenais part à la conversation en mode automatique, disant les bonnes choses au bon moment, complimentant ma sœur sur sa cuisine. Mais tout mon être était tendu vers Grayson, et sa bouche que je voulais sentir partout sur moi.

— Oui, vraiment, c'est succulent, dit Grayson en reposant ses couverts. Est-ce que c'est Ash qui vous a appris ?

— Oh ! non, répondit Niamh avec un petit sourire contrit. Elle dit toujours que je suis trop désorganisée, ou que je vais me brûler ou mettre le feu à quelque chose.

— Eh bien, moi j'aime ta cuisine. Je trouve que tu es un vrai cordon-bleu, intervint Ethan, en lui prenant la main par-dessus la table.

Je restai silencieuse. C'était donc l'image que je laisserais ? Une grande sœur surprotectrice limite abusive qui s'inquiétait plus de garder sa cuisine propre et rangée que de laisser sa petite sœur handicapée apprendre. Ma culpabilité m'avait-elle rongée au point de mettre ma sœur sous cloche, de compenser en faisant les choses à sa place ? En pensant la préserver, ne l'avais-je tout simplement pas empêchée d'avancer ?

Et surtout, est-ce que je sous-estimais son potentiel ?

— Je vais chercher le dessert, lança Niamh en se levant. Tu peux m'aider à débarrasser, Ethan ?

— Bien sûr, répondit ce dernier en écartant son fauteuil de la table.

— Attendez, on va le faire, lança Grayson en se levant.

— Il n'en est pas question, insista ma sœur. On est tout à fait capables d'organiser un dîner. Est-ce que Ash et vous pouvez vous tenir compagnie quelques minutes ? Enfin, si vous me promettez que vous n'allez pas être méchants l'un envers l'autre.

— On va se comporter de façon exemplaire, dit Grayson, me mettant au défi d'un regard rieur.

— Oui, bien sûr, sois tranquille, Niamh, dis-je en forçant sur le sourire.

Je regardais le jeune couple quitter la pièce, puis pris mon verre et bus une gorgée.

— Tu n'as pas peur de te déclencher une nouvelle éruption

cutanée avec ce champagne ? dit Grayson, sans cacher son amusement.

— Tu aurais pu me dire que j'avais des rougeurs avant que ma sœur ne les remarque.

Il afficha un sourire en coin ravageur sur mes sens.

— J'aime voir l'effet que je te fais. Ça m'excite.

Un frisson courut le long de mon dos.

— Arrête ça. Ils vont finir par se douter qu'il se passe quelque chose entre nous, murmurai-je.

Il prit son verre et sirota quelques gorgées, son regard dans le mien.

— Que fais-tu en partant d'ici ?

— Je vais rentrer chez moi, me démaquiller, me déshabiller, me brosser les dents et me mettre au lit. Pourquoi ?

— Et si tu faisais tout ça chez moi ? dit-il en me couvant des yeux. C'est dimanche, nous pourrions faire la grasse matinée.

Une grasse mat avec Grayson Barlowe.

Si quelqu'un m'avait dit une ou deux semaines plus tôt que je serais excitée et impatiente à la seule idée de passer encore une nuit dans le lit et les bras de Grayson, je lui aurais dit qu'il était complètement fou… mais peut-être était-ce moi qui avais perdu l'esprit pour le vouloir si fort. Je n'avais aucune idée du temps qu'allait durer notre aventure. Quelques jours, deux semaines tout au plus.

Alors, pourquoi ne pas profiter au maximum de tout ce temps ?

9

Je m'éveillai la première le lendemain matin et restai immobile à regarder Grayson. Il était tourné vers moi, sur le côté, les yeux fermés, la respiration calme et régulière. Je scrutai ses traits comme si je voulais les graver dans ma mémoire, puis m'attardai sur ses cheveux que j'avais ébouriffés.

Je frissonnai, le corps vibrant encore de ses caresses possessives qui m'avaient fait grimper au septième ciel. Le sexe avec Grayson était peut-être merveilleux, mais cela restait du sexe, je ne devais pas l'oublier. De toute façon je ne cherchais pas une histoire de conte de fées. Et je n'étais pas intéressée par le rôle d'épouse. J'avais ma carrière, j'avais Niamh. Cela suffisait amplement à mon équilibre.

Pourtant, à cet instant, avec son odeur sur ma peau et son goût sur mes lèvres, j'étais tentée... En réalité, j'aspirais cruellement à plus.

Grayson ouvrit les yeux, émit un petit soupir endormi, et étira ses jambes, frottant les miennes dans le mouvement.

— Tu es réveillée depuis longtemps ?

— Non, pas très.

— Je ne me souviens pas de la dernière fois où j'ai fait une grasse matinée, dit-il en bâillant.

Je suivis du bout des doigts le contour de ses clavicules.

— Quoi ? Jamais de grasse mat avec aucune de tes nombreuses maîtresses à travers le monde ? Quel genre de play-boy es-tu ?

Je m'étais appliquée à parler avec légèreté, mais l'imaginer retourner à son style de vie une fois notre liaison terminée me donnait juste envie de crier et de me rouler en boule.

Il enfouit sa main dans mes cheveux et les fit ruisseler entre ses doigts écartés comme si c'étaient de luxueuses soieries qu'il soupesait, se demandant s'il allait acheter ou pas.

— Je ne suis probablement pas le play-boy le plus sociable et facile à vivre qui soit. Je suis bien trop indépendant.

Je l'écoutai, les yeux fixés sur son sternum que je caressais du bout des doigts.

— Tu veux que je te laisse ?

Grayson releva mon menton pour me regarder dans les yeux.

— Non, prononça-t-il d'une voix rauque qui électrisa chacune de mes terminaisons nerveuses

— À tes risques et périls... Je ne suis pas vraiment moi-même avant mon premier café.

Il se fendit d'un petit sourire en coin absolument sexy et irrésistible qui mit à mal mes défenses.

— Est-ce une façon de me demander de descendre pour te préparer une tasse, avant même que je t'aie embrassée ?

— Présenté comme ça, je suppose qu'un petit baiser ne peut pas nuire.

Il s'empara de ma bouche et j'oubliai tout, à l'exception de ses bras qui m'étreignaient, de ses jambes autour des miennes, de la tension qui se concentrait entre mes cuisses. Il poussa un grondement de contentement et approfondit son baiser tandis que je refermai ma main autour de son érection.

Je pressentis douloureusement que plus rien ne serait pareil après lui. Il venait d'impacter définitivement ma vie sentimentale à venir. Aucun des hommes que je rencontrerais ne tiendrait la comparaison avec lui. Je ne m'imaginais pas me retrouver dans les bras d'un autre homme. En aurais-je même envie ? Je ne désirerais jamais quelqu'un comme je le désirais, lui.

La sonnerie d'un téléphone tinta près du lit. Grayson s'arracha à mes lèvres dans un grondement sourd de frustration.

— Désolé, j'aurais dû le mettre en mode silencieux, dit-il en se penchant par-dessus moi pour atteindre la table de chevet.

Il jeta un œil sur l'écran. Grimaça.

— Je crois qu'il vaudrait mieux que je réponde.

Il roula sur le côté et s'assit au bord du lit, me tournant le dos.

— Maman ?

Mon oreille se tendit instinctivement vers la voix féminine au bout du fil. On ne se refaisait pas... Et puis c'était difficile de ne pas écouter quand on était au lit avec la personne au téléphone !

— Oh ! Grayson, je savais que cela allait finir comme ça. Si seulement toi et la sœur de Niamh, vous leur aviez laissé une petite chance, si vous vous étiez réjouis pour eux au lieu de faire les censeurs.

Je me redressai, aux aguets en percevant l'inquiétude de sa mère. Grayson se leva, avant de se tourner vers moi.

— Qu'est-ce qui se passe ? demanda-t-il d'une voix faussement calme.

La lueur de panique qui passa dans son regard ne m'échappa pas.

— Ils se sont enfuis, lâcha-t-elle de l'autre côté de la ligne.

— Enfuis ? nous nous écriâmes d'une même voix choquée.

Il y eut un silence sur la ligne.

— Ash est avec toi ?

Je grimaçai et me mordis la lèvre. Il laissa échapper un petit soupir, avant de répondre :

— Nous nous sommes retrouvés pour le petit déjeuner pour discuter des plans de la maison qu'Ethan et Niamh veulent que nous leur dessinions.

— Un dimanche matin ?

— Nous sommes tous les deux très occupés en semaine, rétorqua Grayson en levant les yeux au ciel à mon intention. Comment ça, ils se sont enfuis ? On a dîné avec eux hier soir. Ils n'ont pas pu aller bien loin.

— Ils ont pris le premier vol ce matin pour Las Vegas.

— Vegas ?

Grayson et moi devenions très bons pour parler en stéréo. Ça en devenait même flippant.

— Oui, Vegas ! Qu'est-ce que vous leur avez dit pour qu'ils abandonnent le mariage de leur rêve dans une jolie église, entourés des gens qu'ils aiment, et filent à Vegas dans la première chapelle venue. Je ne sais même pas si leur union aura une valeur légale.

— Maman, arrête de paniquer. Je vais régler ça.

Il prononça encore quelques phrases qui se voulaient rassurantes et que j'entendis à peine, gagnée par la panique, avant de raccrocher.

— On fonce à Vegas pour les arrêter, dit-il, le regard rivé à son écran, le pouce et l'index en action.

Qu'était-il en train de faire ? Il ne pouvait pas réserver des billets d'avion… Si ? J'étais complètement à la remorque. Mon cerveau se braquait, refusait l'idée que ma sœur ait pu partir se marier à Las Vegas. Sans me le dire. Sans moi… Comment n'avais-je rien deviné de leurs intentions ? Nous avions mangé ensemble. Si je n'avais pas été totalement consumée par mon désir pour Grayson, si j'avais été un peu plus attentive à Niamh, peut-être aurais-je compris ce qui se tramait ?

— Prendre un vol pour Vegas ? dis-je dans un souffle. Maintenant ?

— Oui, on doit les arrêter avant qu'ils ne fassent la plus grosse erreur de leur vie.

— Il faut que je passe chez moi avant pour prendre quelques affaires.

— Pas le temps. On achètera ce dont on a besoin en chemin.

— Je n'ai pas mon passeport sur moi.

— On fait un saut chez toi en allant à l'aéroport.

— Mais c'est un vol de près de onze heures, et ils ont de l'avance sur nous. Comment allons-nous les retrouver, une fois là-bas ?

— Je vais trouver.

Je n'en doutais pas. Il avait la mine sombre et déterminée de celui qui est prêt à déplacer des montagnes.

En un temps record propre à donner le tournis, nous nous retrouvâmes à bord d'un avion en partance pour Vegas. Le vol se passa dans une sorte de brouillard artistique. Je me rappelai vaguement avoir essayé de regarder sans grand enthousiasme deux films. J'essayai de dormir, mais le décalage horaire perturbait déjà mon horloge interne… ou c'était peut-être la présence de Grayson, d'humeur sombre, à mes côtés.

— Est-ce que tu as réussi à retrouver leur trace ? À quel hôtel sont-ils descendus ? m'enquis-je à l'atterrissage.

— Oui. Il m'a suffi de tracer les achats que mon frère a faits avec sa carte bancaire. Je nous ai réservé une chambre dans le même hôtel. À la louche, ils ont six heures d'avance sur nous. C'est encore jouable.

— Sauf s'ils se rendent directement à la chapelle, lui fis-je remarquer. On parle de Vegas, la ville qui ne dort pas. Je suis sûre qu'on peut se marier à toute heure du jour et de la nuit.

— Espérons qu'ils auront eu la bonne idée de se reposer avant de faire quoi que ce soit.

Je marquai une légère pause, tenaillée par ma mauvaise conscience, avant de reprendre :

— Et si ta mère avait raison ? Si tout était notre faute, si c'était nous qui les avions poussés à partir ? Je veux dire, nous n'avons pas été très compréhensifs, hier soir.

— Non, je pense qu'ils avaient déjà planifié leur fuite. Le paiement de l'hôtel a été enregistré des heures avant le dîner.

Je fronçai à mon tour les sourcils, n'en croyant pas mes oreilles.

— Oh...

— S'il y a quelqu'un à blâmer, c'est moi. Tu m'as prévenu dès le début. Tu m'as dit de ne pas les braquer. Regarde le résultat.

Je voyais bien le résultat, oui... J'étais en train de tomber amoureuse d'un homme que j'étais censée détester. Comment avais-je pu être si inconséquente ?

— On peut encore arrêter ça. Eux... on peut les arrêter, eux, je veux dire.

— Tu crois ? Peut-être qu'il y a des choses qu'on ne peut pas stopper.

Sa bouche sur la mienne m'empêcha de réfléchir à ses paroles. Il fit glisser ses lèvres sur les miennes comme s'il me goûtait par petites touches, embrasant tout mon corps. J'inclinai la tête et entrouvris les lèvres, me laissant surprendre par sa langue qui se mit à glisser sur la mienne.

Le petit rebond au moment où l'avion se posait sur la piste me ramena à la réalité.

Grayson écarta une mèche de mes cheveux pour dégager mon visage et me décocha un sourire en coin.

— Et voyons si tu as raison.

Je le regardai sans comprendre.

— À propos de quoi ?

— D'être positifs sur la relation d'Ethan et de Niamh, de leur montrer que nous sommes avec eux.

— D'accord...

— J'ai réservé deux chambres, mais elles sont communicantes.

Il passa le pouce sur mon front, que je fronçais sans même m'en rendre compte, comme pour effacer le pli qui le barrait.

— Est-ce que ça te fragilise de mentir à ta sœur ?

— J'ai l'impression d'être la pire des hypocrites.

— Il y a de ça, je suppose. Est-ce que tu veux qu'on arrête tout maintenant, avant notre arrivée à l'hôtel ?

— C'est ce que tu veux ? dis-je en gardant les yeux baissés sur mes mains, posées sur mes genoux.

Je me crispai intérieurement en entendant la petite note désespérée dans ma voix, malgré mes efforts pour paraître détachée. Il passa un doigt sous mon menton pour me relever le visage.

— Non.

— Vraiment ?

Mon cœur se souleva comme sous l'effet d'une douce houle.

— Je veux dire, n'est-ce pas un peu inhabituel pour toi, monsieur le play-boy mondain ?

— En effet.

— À quoi attribues-tu ça ?

Ses yeux étincelèrent d'un feu brûlant.

— Toi.

— Moi ?

Il prit mon visage entre ses mains.

— Tu me fais rire.

— Quoi ? Personne ne t'a fait rire avant ?

— Pas comme toi.

— Tu ferais bien d'y aller mollo sur les compliments ou je vais finir par croire que tu veux toi aussi réserver une chapelle, dis-je avec malice en croisant son regard.

— Ça n'arrivera pas.

Je m'abstins de répondre, profitant de la sortie de l'avion. Mais j'étais consciente des regards qu'il me lançait, du frôlement de sa main jusqu'à ce qu'il la pose au creux de mes reins pour me guider le long du couloir de l'appareil. Était-ce aussi difficile pour lui de ne pas me toucher que ça l'était pour moi ? C'était comme si une force gravitationnelle nous poussait l'un vers l'autre, que nous étions programmés pour être physiquement connectés, que nos corps gardaient la mémoire musculaire de nos caresses.

Quelques instants plus tard, nous étions installés à l'arrière de la voiture qui nous attendait, séparés du chauffeur par une vitre. Grayson me décocha un regard indéchiffrable.

— Tu n'as pas répondu à ma question tout à l'heure.

— Quelle question ?

— Si tu voulais mettre fin à notre liaison, avant que l'on retrouve Ethan et Niamh. Tu m'as retourné la question sans y répondre toi-même.

Je serrai les lèvres, feignant de réfléchir à ma décision. Comme si j'allais tromper quelqu'un !

— Je crois que ça me va de continuer encore un peu.

— Jusqu'à quand ?

— Que veux-tu que je réponde à ça ? Demande-moi aussi la longueur du bout de ficelle tant qu'on y est, rétorquai-je. Et la réponse est deux fois la distance du milieu à l'extrémité.

L'ébauche d'un sourire étira ses lèvres sans atteindre ses yeux.

— Ah ah.

Je plissai les yeux, prenant un air des plus sérieux :

— Tu n'es pas en train de tomber amoureux de moi, au moins ?

Des ombres dansèrent dans les profondeurs bleues de ses prunelles.

— Qu'est-ce qui te fait croire ça ?

Je haussai nonchalamment une épaule.

— C'est bien toi qui mets toujours un coup d'arrêt à tes relations, non ? Et là, tu me laisses le pouvoir de décision ? Tu penses que je vais te supplier de rester avec moi, comme l'ont peut-être fait les femmes qui ont traversé ta vie ?

— D'abord tu n'es pas les autres. Ensuite, je ne vais pas tomber amoureux. De personne.

J'accusais le coup stoïquement, réussissant à ne pas montrer combien ses mots me blessaient. Un vrai talent de comédienne. Il excluait la possibilité de ressentir autre chose que du désir pour moi. Son cœur était comme cadenassé et je n'étais pas sûre de pouvoir trouver la clé – y en avait-il même une ?

— Tu n'as pas peur de tenter le sort en disant ça ? dis-je en le taquinant. Fais gaffe, tu es sur la mauvaise pente...

Il ne laissa rien paraître, mais je sentis une tension silencieuse s'accumuler entre nous. Ou peut-être craignait-il juste de me blesser. Je savais que c'était la dernière chose qu'il voulait. Il se traînait une réputation de play-boy, mais il n'en était pas un et il ne se servait pas des femmes pour assouvir ses besoins charnels. Il ne m'avait pas traitée de la sorte en tout cas. Il avait été attentif et à l'écoute de mes réactions, avait cherché mon plaisir avant le sien. Ce qui rendait encore plus difficile la décision de mettre un terme à notre relation.

N'étais-je pas déjà *trop* attachée à lui ?

10

Dès notre arrivée à l'hôtel, nous avions rapidement déposé nos affaires dans nos chambres communicantes, pressés de nous mettre à la recherche de Niamh et d'Ethan. Aucun des deux ne répondait à nos appels ni à nos messages, ce qui ne faisait qu'augmenter mon stress. L'idée que ma sœur se marie sans moi à ses côtés m'était insupportable.

J'avais laissé parler mon cynisme sur l'amour et les relations de couple sans écouter ce que ma sœur voulait. Mais qu'est-ce que je connaissais de l'amour ? Ce n'était pas comme si je faisais autorité dans le domaine, moi qui avais été sur le point d'épouser Ryan alors que je ne l'aimais pas vraiment. Je réalisai soudain que la culpabilité que je ressentais vis-à-vis de ma sœur m'avait empoisonnée. Elle s'était diffusée silencieusement en moi comme un goutte-à-goutte toxique qui avait fini par contaminer mon esprit. Je m'étais empêchée de tomber amoureuse comme si inconsciemment je m'étais convaincue que je ne le méritais pas si ma sœur ne devait jamais le vivre elle-même à cause de son handicap. C'était vraiment tordu, et tragique !

Mais Niamh, elle, s'était fiée à son instinct et à son cœur. Elle n'avait eu besoin de l'aide de personne pour trouver son bonheur. Elle aimait Ethan et voulait être avec lui. Et si je ne la retrouvais pas à temps, elle allait faire un mariage expéditif et sans âme, parce que je ne lui avais pas laissé d'autre choix.

— J'espère qu'on n'arrive pas trop tard, murmurai-je.

Je coulai un regard vers Grayson alors que nous nous dirigions vers la petite chapelle de l'hôtel. Il avait la mâchoire serrée, les sourcils froncés, la démarche déterminée. J'allongeai le pas pour rester à sa hauteur.

— Je l'espère aussi, mais si c'est le cas, on prend sur nous et on les félicite. C'est leur journée et ils n'ont besoin que de positivité.

Je soupirai, avant d'ajouter :

— Je m'en veux déjà assez comme ça de ne pas l'avoir soutenue.

Je sentis son regard alors que nous longions un autre couloir avec au sol une moquette aux couleurs criardes.

En pénétrant dans la chapelle, nous croisâmes un couple tout sourire qui venait de s'unir. Je repérai aussitôt Niamh et Ethan qui étaient les suivants à passer devant l'officiant. Je m'immobilisai un bref instant, submergée par le soulagement, et m'avançai vers eux.

Niamh tourna la tête et nous aperçut. Elle plissa le nez.

— Vous ne pouvez pas nous empêcher de nous marier.

— On n'en a pas l'intention, lâcha Grayson d'une voix calme et mesurée. On veut juste que vous le fassiez dans les règles de l'art, entourés de vos familles et de vos amis.

— Vraiment ? reprit Ethan, sans cacher sa méfiance.

— Oui, bien sûr, intervins-je. Ce n'est pas le mariage dont tu as toujours rêvé, Niamh. Laissez-nous l'organiser pour vous.

Niamh échangea un long regard avec Ethan, avant de se tourner vers moi.

— Mais on ne veut pas attendre, lâcha-t-elle, fuyant mon regard.

— Je suis sûre qu'on peut organiser une jolie cérémonie en quelques semaines.

— Non, on n-ne veut pas a-attendre quelques semaines, reprit Ethan.

— Il faut un minimum de temps pour organiser un mariage, non ? s'enquit Grayson.

— Oui, mais on peut se faire aider… j'ai beaucoup entendu parler de Happy Ever After Weddings. Derrière ce nom se cachent trois amies qui organisent des mariages. J'ai vu de nombreux avis élogieux sur les réseaux sociaux et lu les interviews qu'elles ont données. Elles sont très demandées, et on a un délai court, mais avec un peu de chance, elles auront un créneau de libre pour nous.

— Je peux te parler, Ash ? me demanda-t-elle, m'implorant du regard.

— Bien sûr, mais il faudrait peut-être prévenir l'officiant que vous passez votre tour.

À en juger par la longue file de couples qui attendaient leur tour, leur désistement n'allait gêner personne.

La chose faite, je pris ma sœur par la main et l'entraînai à l'extérieur de la chapelle. J'avisai le café tout proche.

— Là-bas, ça te va ?

— Non, pas un endroit public.

— OK, allons dans ma chambre alors, dis-je tout en l'entraînant vers les ascenseurs

— Vous avez pris chacun une chambre, Grayson et toi ? s'étonna-t-elle alors qu'on s'élevait vers le trentième étage.

— Bien sûr.

Elle fronça les sourcils, visiblement perdue.

— J'aurais cru que vous en partageriez une.

— Qu'est-ce qui a bien pu te faire penser ça ?

— Je vois bien comme il te regarde. Et comme tu le regardes.

— Euh… bon, il est… je…

Qu'étais-je censée dire ? Comment expliquer à ma sœur mon petit arrangement avec Grayson ? Elle ne le comprendrait pas. Peut-être même la décevrais-je ?

— Est-ce que tu es amoureuse de lui ?

Je cillai, me faisant l'effet d'un lapin pris dans les phares d'une voiture. Si je m'attendais à cette question ! Elle n'y allait pas par quatre chemins. Mais je n'avais pas envie de réfléchir à ce que je ressentais pour Grayson Barlowe. Je ne voulais même pas reconnaître qu'il faisait battre mon cœur.

— Euh… c'est compliqué… Alors, de quoi voulais-tu me parler ?

— Je te le dirai dans ta chambre, dit-elle en bondissant de la cabine qui venait de s'ouvrir dans un petit tintement.

Nous longeâmes en silence le couloir jusqu'à ma chambre. Je jetai un coup d'œil machinal vers la porte de Grayson, parcourue par un frisson, puis ouvris la mienne.

Ma sœur passa devant moi et entra dans ma chambre. Elle se dirigea vers le petit salon et se posa devant la fenêtre. Elle parut s'abîmer un instant dans la contemplation du Strip dont les lumières clignotantes des enseignes se reflétaient sur la vitre.

— Qu'est-ce qu'il y a, Niamh ?

Ma sœur se tourna vers moi, m'observa un instant en se tordant les mains.

— J'attends un bébé.

Je la regardais en silence. Mon esprit tournoyait hors de contrôle comme une Buick dérapant sur une plaque de verglas. Niamh était enceinte ? Elle allait devenir maman ?

— Tu ne dis rien ? murmura-t-elle en plissant le nez.

— Waouh… je veux dire… je ne m'y attendais pas… Mais

c'est une merveilleuse nouvelle. De combien de semaines es-tu enceinte ?

— Quatre.

— Quatre ?

Je la regardai bouche bée. Cela voulait dire qu'elle était tombée enceinte au tout début de leur relation.

— Oui, mais ça a été l'amour au premier regard. Le coup de foudre. J'ai tout de suite su que c'était l'homme de ma vie.

Je m'assis sur le lit, les jambes flageolantes.

— Je comprends mieux toute cette précipitation autour du mariage.

Je secouai machinalement la tête. Comme si cela pouvait suffire à évacuer le trop-plein de pensées qui m'agitait l'esprit et à chasser mon inquiétude. J'avais si souvent vu notre propre mère dépassée par le quotidien, par ses deux filles dont elle avait du mal à s'occuper. Et elle n'avait pas le handicap de Niamh.

— Tu n'es pas heureuse pour moi ?

Je plaquai un large sourire sur mon visage et me relevai pour la prendre dans mes bras.

— Bien sûr que si. Je suis très heureuse pour toi.

— Ethan va être le plus merveilleux des papas, roucoula-t-elle, en s'écartant.

Elle rayonnait littéralement tout en continuant à babiller :

— Il est si excité. Il croyait que ça ne lui arriverait jamais. Je sais que ce ne sera pas facile tous les jours, mais ensemble on y arrivera.

Et comment allait réagir Grayson devant ce nouveau développement ? Il était bien plus que moi contre ce mariage et j'étais pourtant bien déterminée à l'empêcher il y a encore quelques minutes. Et maintenant, j'étais impatiente de les voir s'unir.

Mais pas ici.

Pas à Las Vegas.

Une demi-heure plus tard, Niamh sortit de ma chambre pour retrouver Ethan et faire ses bagages. Malgré le décalage horaire, j'avais déjà pris contact par mail avec Happy Ever After Weddings et, dès notre retour à Londres, j'avais bien l'intention de les appeler pour leur parler de vive voix. Je me fichais bien de ce que cela coûterait, mais ma sœur aurait le mariage de ses rêves.

On tapa à la porte. J'ouvris et me trouvai devant Grayson, la mine sombre.

— Tu es au courant ?

— Oui, Ethan vient de me l'annoncer.

Il entra dans la chambre.

— J'espère que tu n'as pas été trop négatif, m'enquis-je en refermant la porte.

Il passa une main dans ses cheveux et lâcha un long souffle.

— Ça change tout... Ma mère va être aux anges.

— Et toi ? Est-ce que tu te fais une joie d'être tonton ?

Je le dévisageai, scrutant ses réactions, m'interrogeant sur ce qu'il pouvait bien ressentir.

— Je n'y ai pas vraiment réfléchi. Et toi ?

— C'est beaucoup de changements pour eux et pour nous. Tout s'est passé tellement vite... Je crois que je suis à la fois excitée à l'idée de devenir tante et inquiète pour ma petite sœur. Il y a une charge de responsabilités qui va avec la maternité et je ne suis pas sûre qu'elle le réalise.

— Je suppose que c'est vrai pour tous les jeunes parents et ils apprendront. Ce que je sais, en revanche, c'est qu'Ethan sera à ses côtés et la soutiendra. Et il y a ma mère aussi.

Le silence nous enveloppa.

Il ne laissait rien transparaître et j'aurais aimé en être

capable, mais j'avais l'impression que les émotions qui faisaient rage en moi et que je tentais de contenir étaient sur le point de déborder et s'affichaient sur mon visage.

Je ne savais pas comment c'était arrivé ni quand, mais j'étais tombée amoureuse. J'aimais tellement de choses chez lui. Sa loyauté envers sa famille, ses élans protecteurs, son ambition, sa force de caractère...

Et j'aimais sa façon de me faire l'amour.

— Je nous ai réservé à tous un vol retour, lâcha-t-il. Plus vite on sera de retour à Londres, mieux ce sera.

— Tu as raison. On n'a pas de temps à perdre. À moins d'un miracle, je ne sais pas comment on va réussir à organiser un mariage en deux semaines.

Grayson s'approcha de moi et me caressa la joue.

— J'aurais aimé avoir plus de temps.

— Pour ?

— Pour ça, dit-il en taquinant ma bouche du bout de la langue.

Ses lèvres remuèrent sur les miennes en une danse lascive. Je cédai, plus que consentante, à l'exigence de sa langue, submergée par la magie du moment. Personne ne m'avait embrassée avec une telle douceur. C'était comme s'il me murmurait des mots doux et intimes directement en moi. Je nouai mes bras autour de son cou et me pressai contre son torse. Je n'arrivais pas à m'imaginer ne plus le faire, ne plus me blottir contre lui, ne plus sentir son cœur battre contre ma paume.

— Garde ça en tête jusqu'à notre retour à Londres, finit-il par dire avec un sourire en coin.

Je laissai courir mes mains sur son torse, puis les posai sur sa taille.

— Niamh se doute de quelque chose.

— Comment ? Tu le lui as dit ?

— Non, mais elle a remarqué la façon dont tu me regardes.

Il fronça les sourcils.

— Et comment je te regarde ?

— Comme je te regarde.

Il posa son pouce sur ma lèvre que je mordillai distraitement. J'entrouvris la bouche et le suçotai sensuellement.

— C'est difficile, je suppose, de cacher l'alchimie qu'il y a entre nous.

Je me dégageai de ses bras.

— Oui, bon, ça finira bien par nous passer ? La passion finit toujours par s'éteindre, mentis-je avec un détachement que j'étais loin de ressentir.

Rien de ce que je ressentais pour lui ne s'apparentait à un feu de paille.

— Est-ce que c'est en train de s'estomper pour toi ? s'enquit-il d'une voix aussi détachée que la mienne.

— Pas encore.

— C'est bon à savoir.

Il posa ses mains sur mes hanches et me ramena contre lui. Je sentis son érection et l'excitation me serra aussitôt le ventre.

— Nous n'avons pas un avion à prendre ? demandai-je d'une voix rauque et heurtée.

— C'est un jet privé – ce n'est pas grave si on a cinq minutes de retard.

— Cinq minutes ? Parce que tu penses que tu vas me faire jouir aussi vite ?

Il me décocha un sourire carnassier.

— Regarde-moi, susurra-t-il tout contre mes lèvres.

Les deux semaines suivantes passèrent dans un véritable tourbillon. Les journées n'étaient pas assez longues. Je jonglais entre travail, essayages et rendez-vous avec les différents prestataires choisis par les équipes de Happy Ever After Weddings. Ils avaient pu prendre en charge l'organisation du mariage à la suite d'une annulation. Nous avions eu de la chance.

Dans mes souvenirs, mes propres préparatifs de mariage avec mon ex avaient été bien différents. Je ne me rappelais qu'une longue liste de tâches, que je m'étais appliquée à remplir méthodiquement. Trouver la robe. *Coché*. Réserver l'église. *Coché*. Sélection du lieu de réception et choix du menu. *Coché*.

J'avais vécu cette période l'électrocardiogramme plat. Ce qui n'était *pas* le cas de ma sœur, qui était au comble de l'excitation, de la fébrilité et de l'impatience. Elle vibrionnait presque, pressée d'épouser l'homme de sa vie.

Je pouvais toucher du doigt ce qu'elle ressentait. Il me suffisait de rêver les yeux ouverts, imaginant ma liaison avec Grayson évoluer, devenir une vraie relation. J'éprouvais dans mon corps la joie et l'excitation à l'idée d'être sa fiancée, d'avoir sa bague à mon doigt, de sentir son amour m'envelopper.

Je pouvais même me voir porter son enfant.

Je posai distraitement une main sur mon ventre comme j'avais vu Niamh le faire tant de fois au cours des deux dernières semaines. Que ressentirais-je si j'étais vraiment enceinte de lui ? Je m'empressai d'écarter cette pensée avant qu'elle ne s'ancre trop profondément. Qu'est-ce qu'il m'arrivait ? Je n'avais toujours pensé qu'à ma carrière. Et à Niamh. Ma vie tournait autour d'elle. Je n'avais pas le temps pour les enfants.

Mais Niamh a Ethan maintenant.

C'était une pensée rassurante et j'aurais dû y trouver une forme d'apaisement, pourtant... pourtant, je me sentais juste reléguée sur le banc de touche, perdue et triste. Comment pourrait-il en être autrement quand j'avais passé les vingt dernières années, à veiller sur ma sœur, à m'assurer qu'elle ne manque de rien, qu'elle ne rate pas un rendez-vous médical, qu'elle fasse ses devoirs, qu'elle ait des activités et des amis ?

Que devenait ma vie maintenant, si ma petite sœur n'avait plus besoin de moi ?

Malgré les préparatifs du mariage qui nous accaparaient, Grayson et moi nous retrouvions après le travail, chez lui ou chez moi. La conception de la nouvelle maison avait bon dos ! Nous continuions à garder notre liaison secrète et ça commençait à me peser.

À deux jours du mariage, Grayson toqua à ma porte. À peine entré, il m'attrapa par la taille et déposa un baiser sur mes lèvres.

— Tu m'as manqué.

Je levai les yeux vers lui, m'abandonnant à son étreinte.

— Mais on s'est vus avant-hier.

— J'aime te voir tous les jours.

— J'aime te voir aussi, dis-je en me hissant sur la pointe des pieds pour poser mes lèvres à la commissure de sa bouche.

Deux bras puissants s'enroulèrent autour de ma taille. Il me serra contre lui tout en m'embrassant avec ardeur, sa langue s'immisçant dans ma bouche, jouant et s'enroulant autour de la mienne. C'était un long, très long baiser comme s'il ne se lassait pas de mon goût, de mes lèvres. Une chaleur incandescente explosa dans mon ventre, avant de rayonner dans mes membres.

Je ne sus comment nous parvînmes jusqu'à ma chambre. Nous nous déplaçâmes, enlacés, collés l'un à l'autre, sans cesser de nous embrasser, trébuchant, nous cognant dans les meubles, aux chambranles des portes, alors que se déchaînaient en nous des pulsions avides, insatiables et possessives.

— J'ai envie de toi.
— Moi encore plus.
— Prouve-le, alors, dis-je en souriant contre ses lèvres.
C'est ce qu'il fit en me faisant basculant sur le lit.

11

Le jour du mariage arriva enfin et c'était une journée magnifique. J'avançai vers le chœur de l'autel, où se tenaient Ethan et Grayson, son témoin. La musique qui résonnait sous les arches me rendait particulièrement émotive.

Mon regard accrocha celui de Grayson et mon cœur s'emballa. Il me contemplait avec une intensité troublante, comme s'il voulait me graver dans ma robe en soie rose pâle dans sa mémoire. Je sentais la caresse de ses yeux sur les courbes de mon corps – des courbes qu'il avait sensuellement explorées avec ses mains, sa bouche et sa langue encore la nuit dernière.

Je tournai les yeux vers Niamh qui remontait l'allée. Elle avait choisi de le faire seule. Une façon pour elle de s'affirmer, de revendiquer son indépendance, de prendre son envol. C'était beau à voir et j'étais terriblement fière d'elle, mais j'avais aussi le cœur serré de ne plus la voir se tourner vers moi, comme avant.

Je la suivis des yeux, le nez et la gorge soudain pris par l'odeur capiteuse des fleurs en abondance qui ornaient l'église. Ma sœur était l'incarnation de la mariée – magnifique et heureuse au-delà des mots. Elle ne semblait pas toucher le sol. Ethan la regardait avancer vers lui, fier et éperdument amoureux.

Les larmes me submergèrent souvent tout au long de la cérémonie très traditionnelle et pendant l'échange des vœux, des larmes que je ne cherchais pas à dissimuler. Je sus en écoutant les jeunes mariés se promettre d'être toujours là l'un pour l'autre que tout se passerait bien pour eux, malgré les obstacles et les difficultés qu'ils rencontreraient. Ensemble, ils surmonteraient tout.

Les cloches se mirent à sonner quand Ethan et Niamh longèrent l'allée centrale, main dans la main. Grayson vint vers moi et nous les suivîmes. Je sentais presque l'électricité circuler de mon épaule à son bras que je frôlais à chacun de mes pas.

— Tu es très belle, me chuchota-t-il.

— Merci. Je n'étais pas très emballée par la teinte de la robe, mais ma sœur a insisté.

Grayson sourit et mon cœur rata quelques battements.

— Est-ce que tu portes des sous-vêtements ?

— Non.

Il laissa échapper un petit grondement sourd.

— Tu n'aurais pas dû me dire ça.

— Tu as demandé !

— Je ne vais plus pouvoir penser à autre chose maintenant.

— Chut. On pourrait lire sur tes lèvres...

Je plaquai un sourire sur mes lèvres à l'attention des gens devant lesquels nous passions.

— Tu ne perds rien pour attendre.

— Des promesses, toujours des promesses, dis-je d'une voix chantante en sortant de l'édifice religieux.

Je plissai les yeux, éblouie par la luminosité, et repérai les jeunes mariés. Entourés par des proches qui les félicitaient, ils souriaient, aussi radieux que le soleil au-dessus de nos têtes.

Julie, la mère de Grayson, s'approcha de moi.

— N'était-ce pas une merveilleuse cérémonie ? J'ai commencé à pleurer comme une madeleine dès que j'ai vu Niamh. Je suis si heureuse de vous savoir derrière eux. Et je vous dois beaucoup d'avoir ramené mon fils aîné à la raison.

— Oh ! vous m'accordez trop de pouvoir.

— Ne soyez pas modeste. Je suis sûre que c'est sous votre influence qu'il est revenu à de meilleurs sentiments.

Elle jeta un regard vers son fils qui s'était éloigné.

— Il peut se montrer si têtu parfois, dit-elle en reportant son attention sur moi. Bref... C'est merveilleux d'avoir enfin une belle-fille. Et je suis tellement excitée pour le bébé.

— Oui, je le suis aussi.

Je m'efforçais de ne pas le chercher des yeux, pour ne pas me trahir, mais chaque fois que je tournais la tête dans sa direction, je le surprenais en train de me couver des yeux.

— Alors maintenant, Grayson et vous allez devoir être amis. L'oncle et la tante de ce bébé ne peuvent pas s'entendre comme chien et chat, n'est-ce pas ?

— Je suis sûre que nous saurons nous montrer très courtois lorsque nous serons amenés à nous voir, dis-je avec un demi-sourire.

Julie observa son fils un instant, avant de reporter son attention sur moi.

— Je ne peux m'empêcher de penser qu'il a changé, ces derniers temps.

— Comment ça ?

— Il semble plus détendu, presque joyeux. Peut-être parce que son frère a trouvé sa moitié et qu'il est heureux.

Elle esquissa un petit sourire triste, le regard perdu dans le vide, avant de poursuivre :

— Grayson s'est toujours senti responsable de ce qui était arrivé à Ethan.

— C'est difficile de ne pas se sentir coupable quand le drame se produit sous votre surveillance, murmurai-je.

— Je suis au courant pour l'accident de Niamh. Ça a dû être tellement dur pour vous.

Son ton empreint de douceur et d'empathie eut presque raison de moi. Presque.

— Ça a été... C'est...

Ma voix chevrota et je cillai à plusieurs reprises en sentant les larmes monter.

Julie posa une main sur mon bras.

— Ça restera toujours une douleur. Mais cela ne veut pas dire que vous ne pouvez pas avancer dans votre vie. Ne laissez pas le passé influer sur votre avenir.

Je n'eus pas à répondre. Le photographe choisit ce moment pour inviter les invités à se rapprocher des mariés pour les photos.

Les serveurs commençaient à se déployer parmi les invités avec champagne, amuse-bouche et petits fours en tous genres quand Grayson se rapprocha de moi.

— Tu tiens le coup ?

— Mes pieds me font un mal de chien et je ne sens plus les muscles de mon visage à force de sourire.

— J'espère que ma mère n'a pas été trop lourde.

— Elle a été adorable.

— Tant qu'elle ne te met pas des idées en tête, murmura-t-il, le regard tourné vers Niamh et Ethan qui discutaient avec des invités.

Je me raidis, sur le qui-vive.

— De quelles idées parles-tu ?

Il se tourna vers moi et eut un petit mouvement d'épaule.

— Je ne sais pas ce qui se passe avec les mariages, mais

les gens ont tendance à verser dans un sentimentalisme dégoulinant.

— Je ne vois pas ce qu'il y a d'étrange à être sentimental le jour d'un mariage, rétorquai-je sans pouvoir m'en empêcher. C'est beau de voir deux personnes qui s'aiment s'engager l'une envers l'autre devant leurs familles et leurs proches.

Il plongea les mains dans ses poches et promena son regard sur les invités.

— La plupart des couples cessent de s'aimer à peine la lune de miel terminée.

— Ne sois pas si cynique. Il y en a aussi qui s'aiment toute leur vie.

Il me jeta un regard impénétrable.

— Je croyais que tu étais sur la même longueur d'onde que moi. Que s'est-il passé ?

— Rien. Je dis juste qu'on peut être nuancé et voir les choses différemment.

Je me plaquai un sourire sur les lèvres en apercevant du coin de l'œil Ethan et Niamh qui venaient dans notre direction.

— Que vous êtes beaux tous les deux ! Vous respirez le bonheur. Félicitations, monsieur et madame Barlowe ! C'était une très belle cérémonie.

Ethan leva un regard amoureux vers Niamh et passa un bras autour de sa taille.

— Nous aurions dû faire un double mariage, s'exclama cette dernière en souriant.

— Quoi ? s'étrangla presque Grayson.

Il ne surjouait pas le choc. J'étais moi aussi sonnée par le commentaire de ma sœur. Je pensais qu'on avait réussi à donner le change, lui et moi, mais elle avait manifestement additionné deux et deux.

— Ne sois pas bête, Niamh, dis-je d'une voix qui sonna faux à mon oreille.

— Comme si vous pouviez nous tromper, poursuivit-elle, nullement décontenancée par notre réaction. On sait que vous êtes ensemble depuis un moment. Vous n'avez pas à vous cacher de nous. Il n'y a rien de honteux à tomber amoureux.

— Nous ne sommes pas amoureux, rétorqua Grayson d'une voix si catégorique qu'il aurait pu tout aussi bien m'arracher le cœur et le piétiner.

Niamh chercha mon regard, confuse.

— Mais je ne comprends pas...

— Oui, vous n'avez rien compris. Ça n'arrivera jamais.

— Qu'est-ce qui n-n'arrivera jamais ? s'enquit Ethan, les sourcils froncés.

— Tout ça ! fit Grayson en englobant d'un large geste du bras l'église en arrière-fond et l'ensemble des invités rassemblés dans le jardin. Ash et moi n'allons pas nous marier ! Il n'a jamais été question de mariage entre nous.

Chaque mot qu'il prononçait m'atteignait avec la précision d'une fléchette qui me déchirait les entrailles. J'accusai le coup et fis même bonne figure. Je refusai de gâcher la journée de ma sœur.

— C'est juste. Nous avons un peu flirté, mais c'est fini maintenant, murmurai-je, le cœur en charpie.

— Fini ? répétèrent Niamh et Ethan en chœur.

Grayson resta immobile et silencieux, comme figé. On aurait dit qu'une main invisible venait de verser sur lui du béton à prise rapide.

— Oui, fini, mais nous sommes amis. Et nous sommes impatients tous les deux de tenir notre rôle de tante et d'oncle avec le bébé.

Des invités se rapprochèrent pour féliciter les jeunes

mariés et j'en profitai pour m'éclipser. Je n'étais pas allée plus loin que le porche du cimetière quand je sentis une main sur mon bras.

— Attends. Je veux te parler.

Je pivotai vers Grayson qui fronçait les sourcils pour changer.

— Qu'y a-t-il à ajouter ? Tu as été parfaitement clair, tu ne nous vois pas de futur ensemble.

Il lâcha un juron à peine audible, suivi d'un soupir de frustration.

— On s'était mis d'accord sur une simple aventure.

— Oui, et maintenant c'est fini.

— Mais je ne veux pas.

Cet aveu parut lui coûter comme s'il n'avait pas envie d'admettre qu'il me désirait toujours.

Je cherchai à lui faire lâcher mon bras.

— On doit arrêter, Grayson. Tu le sais toi aussi. Je suis en train de m'attacher. Je ne veux pas souffrir.

— Comment est-ce que je pourrais te faire souffrir ?

J'esquissai un sourire triste.

— En ne m'aimant pas.

Ses sourcils s'agitèrent sur son front. La méfiance passa sur ses traits.

— Tu es en train de dire que tu m'aimes ?

Comme j'aurais aimé le nier. J'avais le non sur le bout de la langue, mais je ne parvins pas à l'expulser. J'étais fatiguée de faire semblant. Fatiguée de prétendre être quelqu'un que je n'étais pas. Je l'avais fait pendant des années, et je ne me reconnaissais plus dans ce personnage. Le moment était venu d'être honnête avec moi-même et d'assumer ce dont j'avais vraiment envie, et qui me rendrait heureuse... Et que je m'étais refusée par culpabilité.

— Oui, j'éprouve des sentiments pour toi. Désolée... je ne

l'ai pas voulu. J'ai pris conscience qu'au fond je voulais ce que Niamh vit avec ton frère. Il l'aime et sera là à ses côtés, quelles que soient les difficultés qu'elle rencontrera. Je la pensais trop immature, trop inexpérimentée pour se marier. En fait, c'est moi qui dois grandir. Continuer avec toi, dans une relation au jour le jour et sans perspective, ce n'est pas pour moi.

J'observai Grayson, attentive aux moindres émotions qui s'imprimaient sur son visage. Le choc. Le désarroi. La colère. Avant qu'il ne se ferme comme s'il venait de remonter toutes ses barrières intérieures.

— Alors, c'est tout ? Tu décides que c'est fini ?

— C'est mieux comme ça.

— Est-ce que j'ai mon mot à dire ?

Je déglutis, la gorge, soudain, sèche.

— Bien sûr, mais rien de ce que tu pourras dire ne me fera changer d'avis. À moins que tu me dises que tu tiens à moi et que tu envisages l'avenir avec moi. Je veux tout avec toi. Le mariage, et un jour, les enfants.

— Je n'ai jamais rien voulu de tout ça, avec personne.

— Je sais. Tu as été d'une totale franchise avec moi.

— Alors pourquoi es-tu tombée amoureuse de moi ?

Un bruit étranglé, proche du rire ou du sanglot, m'échappa.

— Parce que tu as tellement à offrir. Tu es quelqu'un de bien, Grayson. Tu es solide, loyal et brillant. Tu prends tes responsabilités et tu ne fais jamais les choses à moitié. Et je n'avais jamais ressenti ce que j'ai ressenti physiquement dans tes bras. L'alchimie entre nous est indéniable, mais on ne peut pas fonder une relation sur le sexe seulement, même si c'est une bonne base. Tu ne t'autoriseras jamais à aimer à cause de ce qui est arrivé à Ethan, et moi, je ne veux plus laisser la culpabilité me torturer et régir ma vie. Je ne veux plus me mentir à moi-même. Je le veux, mon conte de fées auquel tu dis ne pas croire et que tu ne vois pas alors qu'il est là, sous ton nez.

Il faisait les cent pas devant moi. Son agitation intérieure était palpable, elle faisait vibrer l'air tout autour de nous comme à l'approche d'une tempête.

Il s'immobilisa brusquement et plongea dans mon regard, la bouche serrée.

— Ce n'est pas comme ça que je nous voyais mettre fin à notre liaison.

— Je sais. C'est toi qui imprimes généralement le tempo. Tu sais pourquoi ? Parce que tu as besoin d'être dans le contrôle pour ne pas donner aux autres le pouvoir de te blesser.

— Tu ne m'as pas blessé. Je ne m'y attendais pas, c'est tout.

J'avais la sensation que chaque atome de mon corps gravitait irrésistiblement dans sa direction et il aurait été si facile de céder et de me précipiter dans ses bras. À cran, j'enroulai mes bras autour de ma taille. Je sentais viscéralement que j'avais pris la bonne décision et devais m'y tenir. Il était temps de sortir du déni. Des faux-semblants. Je m'étais suffisamment contorsionnée comme ça pour être quelqu'un que je n'étais profondément pas.

— Je veux vraiment que nous nous entendions, Grayson. Nous ferions de la peine à nos familles si nous n'y arrivions pas.

Sa lèvre supérieure se retroussa en un petit rictus.

— Tu t'attends à ce que je te salue d'une bise sur la joue après t'avoir fait jouir un nombre incalculable de fois ? Juste pour ta gouverne, sache que c'est ce à quoi je penserai chaque fois que je te verrai.

Le désir me transperça comme un aiguillon, ne demandant qu'à être assouvi. Trahie par mon corps ! Je relevai le menton.

— Tu oublieras cette parenthèse dans d'autres bras.

— Pourquoi avoir choisi ce jour précisément pour mettre

un terme à notre relation ? Pourquoi ne pas avoir attendu demain ? marmonna-t-il, la mine sombre.

— J'ai écouté les vœux qu'Ethan et Niamh ont échangés. Leurs mots ont résonné en moi. Les promesses qu'ils se sont faites, j'ai envie de les faire à l'homme que j'aime. Toi, Grayson. Mais tu ne peux aimer personne, parce qu'au fond, tu ne t'aimes pas. Tu ne te pardonnes pas d'avoir laissé Ethan conduire, ce soir-là. L'erreur est humaine et tant que tu ne l'accepteras pas, tu ne seras jamais vraiment tout à fait heureux. Et tu continueras à remplir les vides dans ta vie par le travail. Je le fais aussi depuis si longtemps. J'adore mon boulot, mais je ne veux plus en être esclave et passer à côté de ce qui est vraiment important – la connexion, l'engagement et l'amour sincère.

— Merci pour cette séance de psychanalyse gratuite, mais ma vie telle qu'elle est actuellement me satisfait pleinement.

— Papillonner, passer de femme en femme avec une date limite pour ne pas créer de lien, pour ne pas s'attacher, c'est satisfaisant ? Peut-être maintenant, mais pour combien de temps encore ?

Grayson se détourna et s'avança vers la barrière en bois qui séparait le cimetière d'un parc. Il posa les mains dessus, le corps tendu. Il regarda les arbres dont les cimes se balançaient mollement sous un léger souffle d'air.

— OK, tu as vidé ton sac. Je peux comprendre que tu veuilles plus, mais je ne t'ai jamais promis plus que je ne pouvais te donner, répéta-t-il comme un disque rayé.

— Je sais, dis-je dans un souffle tremblant.

Je tournai les talons et rejoignis les invités, sans rien laisser paraître de mon chagrin et de ma détresse. À l'intérieur, je n'étais plus qu'un cri, une plainte. J'aurais pu le supplier de m'aimer. Fichu karma ! Je me retrouvai dans la position de mon ex et je n'avais pas fait dans la dentelle quand j'avais rompu avec Ryan.

J'étais tombée amoureuse de Grayson. Follement. Totalement. Sans filet de sécurité. Il avait toutes les qualités que je recherchais chez un homme et j'avais cru que nos passés respectifs nous rapprochaient, créaient un lien particulier entre nous. Au cours de ces dernières semaines, je m'étais même mise à penser que j'étais spéciale pour lui.

J'avais pris mes désirs pour des réalités. Je m'étais clairement trompée.

Je n'étais qu'une parmi toutes celles qui avaient succombé à son charme.

Et maintenant, mon temps avec lui était révolu.

Je n'aurais su dire comment j'avais réussi à traverser le reste de la journée sans m'effondrer. Dans un état second, sans doute. J'avais l'impression que tout mon être pouvait se briser à tout instant dans un bruit de verre. Et cette réception qui n'en finissait pas, comme si quelqu'un avait appuyé sur la touche pause... J'aurais voulu mettre le plus de distance possible entre Grayson et moi, mais nos rôles respectifs de témoins et demoiselle d'honneur ne me facilitaient pas la tâche... comme à cet instant où nous devions rejoindre les mariés sur la piste de danse.

Je m'avançai vers Grayson et glissai ma main dans la sienne. Le plaisir monta en moi aussi aigu que la lame d'un rasoir. Je tentais de contrôler les réactions de mon corps, mais c'était aussi illusoire que d'essayer d'arrêter une déferlante ! Tous nos moments d'intimité étaient gravés dans ma mémoire, sur ma peau, mais nous n'avions jamais dansé ensemble et c'était presque plus troublant. Nous nous accordions à la perfection. Je bougeais avec lui, suivant instinctivement son rythme, et me laissais entraîner, traversée par une myriade de sensations au contact de son corps vigoureux. Nous évoluions comme si nous avions toujours été des partenaires de danse. Cela semblait si naturel et facile de le suivre. J'inspirai son odeur, l'imprimant dans mes poumons et dans ma tête, consciente que c'était la dernière fois que j'étais dans ses bras. D'une certaine façon, c'était une danse d'adieu et cela rendait l'instant étrangement poignant.

La piste devint soudain trop petite quand d'autres couples nous rejoignirent. Grayson m'enlaça plus étroitement pour éviter les collisions. Je sentais la chaleur de sa paume au creux de mes reins, la pression de ses hanches contre moi et de ses longs doigts autour des miens.

— Ash...

Je levai les yeux, percevant l'inflexion douce dans sa voix, et percutai deux iris d'un bleu intense. Il fronçait les sourcils, égal à lui-même.

Mon cœur s'affola, comme pris d'un espoir fou.

— Oui ?

— Est-ce que tu te sens toujours de travailler avec moi sur les plans de la maison de Niamh et Ethan ? Si ce n'est pas le cas, je peux mettre un membre de mon équipe sur le coup.

Je fronçai les sourcils. Comment avais-je pu oublier la maison ? Nous n'avions pas beaucoup avancé... Je visualisais toutes ces heures que je devrais passer à ses côtés, sans pouvoir le toucher. Ça allait être de la torture, tout simplement. Une torture émotionnelle et physique.

— Mais ils veulent que ce soit nous. Je suis sûre qu'on peut agir en personnes civilisées.

Il esquissa un demi-sourire qui ne monta pas jusqu'à ses yeux.

— Tu penses que je ne serai pas capable de me contrôler ?

— Je ne doute pas que tu te comporteras comme le fabuleux professionnel que tu es.

Il soutint mon regard pendant un moment déchirant, puis ses yeux s'échappèrent, fixant un point au-dessus de mes épaules comme s'il cherchait à me tenir à distance.

— Nous ferions mieux de réinstaurer la règle de ne pas se toucher.

— Bien.

— Et on devrait y inclure aussi les boucles d'oreilles.

Un éclat de rire m'échappa.

— Je mettrai des puces d'oreille, comme ça, tu ne seras pas tenté.

Il darda sur moi son regard assombri par un désir sans fard qui électrisa toutes mes terminaisons nerveuses, avant de se poser sur ma bouche.

— Je n'ai qu'à te regarder pour être tenté.

Des frissons de plaisir coururent le long de ma colonne vertébrale. Je gardai les yeux rivés à son nœud papillon, me méfiant de mes réactions si je plongeais dans ses yeux captivants. Nous étions si près que je me sentais submergée par sa présence physique, par sa chaleur, son odeur. Mon corps vibrait comme s'il était connecté à lui par un fil invisible.

— Et toi, tu dois arrêter de me regarder comme ça, chuchotai-je pour ne pas être entendue par les couples qui évoluaient avec nous sur la piste de danse.

— Et comment est-ce que je te regarde ?

— Comme si tu allais me sauter dessus.

— Mais c'est exactement ce que j'ai envie de faire.

— Ce n'est plus possible. Plus maintenant. C'est fini entre nous, dis-je en insufflant dans ma voix autant de fermeté qu'il m'était possible.

— Tu crois vraiment que tu peux faire taire tes sentiments, juste comme ça ?

Je le regardai, la gorge nouée.

— Mais qui parle de sentiments ? Tu l'as toi-même dit, il n'est question que d'attirance, de désir, de pulsions charnelles. Alors oui, on peut les faire taire. Ce n'est qu'une question de volonté.

Si seulement... mais quelque chose me disait que les prochains mois, et même les prochaines années, allaient être un long tunnel à traverser.

Son regard se perdit au loin.

— Comment peux-tu être aussi sûre que c'est de l'amour que tu ressens pour moi ? Tu pourrais confondre.

— Je sais que ça t'échappe parce que dans toutes tes liaisons, tu t'interdis de ressentir autre chose que du désir, mais à l'instant où tu m'as embrassée, j'ai su que je pouvais tomber amoureuse. Ce n'est pas juste une question d'attirance et d'alchimie. J'ai la sensation que tu me vois, moi, et pas le personnage que je me suis inventé au fil des années. Je pouvais être moi-même avec toi et j'aime croire que c'est aussi vrai pour toi.

Je pris soudain conscience que nous nous étions éloignés de la piste de danse et avions dérivé vers un balcon décoré de fleurs. Où nous étions seuls.

Grayson me lâcha, reculant d'un pas. Son expression se fit aussi impénétrable qu'un mur de pierre.

— Je n'ai jamais voulu te blesser, dit-il d'une voix empreinte de gravité.

Le moment était douloureux pour lui aussi, mais pas pour les mêmes raisons. Ce n'était juste pas dans sa nature d'être cruel. Cynique, oui, mais pas cruel.

— Je m'en remettrai, dis-je en m'efforçant de sourire, malgré la douleur.

Il se rapprocha et me caressa la joue.

— Vraiment ?

— Bien sûr.

Je pouvais toujours y croire… Mais j'avais juste la sensation d'entendre mon cœur craquer de toute part.

— Est-ce que j'ai droit à un dernier baiser ?

Sa voix était comme une suite de vibrations qui résonnaient derrière mes côtes.

— Crois-tu que ce soit raisonnable ? dis-je tout bas.

Grayson me dévisagea, sondant mon regard, avant de fixer ma bouche. Il effleura ma lèvre inférieure du pouce.

Il laissa retomber sa main avec un petit sourire triste.

— Tu as raison, ce ne serait pas raisonnable.

Il tourna les talons sans un autre mot et s'éloigna.

12

Le mois qui suivit, je travaillai sans relâche, la tête dans le guidon. J'avais pris du retard sur de nombreux dossiers et j'avais décroché deux grands projets qui m'accaparaient. Mais je n'en retirais plus la même satisfaction. Peut-être parce que la balance travail et vie personnelle était déséquilibrée. Je travaillais toute la journée et quand je rentrais le soir dans une maison vide, je n'avais ni le goût ni l'énergie de sortir avec des amis. Niamh me manquait, même si j'étais heureuse de la voir s'épanouir dans sa nouvelle vie avec Ethan.

Grayson me manquait aussi terriblement, ça va sans dire.

Ses mains, ses sourires bien trop rares, ses conversations intelligentes – tout ce qui faisait que c'était lui et qui me plaisait infiniment. Le son de sa voix, son odeur sur ma peau, son goût sur mes lèvres, la chaleur de ses bras.

Nous ne nous étions pas revus pour poursuivre le travail sur les plans de la maison de Niamh et d'Ethan. Je savais par ce dernier que Grayson aussi était submergé par le travail. Il avait même dû s'envoler pour les États-Unis pour y superviser la fin d'un chantier. Je me torturais depuis en l'imaginant retrouver une femme là-bas.

Deux jours plus tard, je retrouvai ma sœur dans une

boutique pour bébé. Au détour d'un rayon, elle me glissa qu'Ethan s'inquiétait pour son frère.

— Pourquoi ? demandai-je l'air de rien tout en attrapant une petite grenouillère jaune.

— Il trouve que Grayson n'est plus du tout lui-même.

Je reposai la grenouillère et attrapai un minuscule bonnet, me mordant la langue pour ne pas la bombarder de questions.

— Il est grincheux. Un vrai ours mal léché, poursuivit ma sœur tout en me tendant un tas de vêtements pour que je les lui tienne. Il ne vient pas quand on l'invite à dîner et il ne veut pas qu'on vienne le voir. Même leur mère s'inquiète pour lui.

Elle me transperça de ses grands yeux bleus et demanda :

— Vous vous êtes séparés en bons ou en mauvais termes ?

— En bons termes... Je crois...

Je me baissai pour ramasser une barboteuse qui était tombée par terre. Comment un seul bébé pouvait-il avoir besoin d'autant d'affaires ? J'essayai de me souvenir de la dernière fois où j'en avais tenu un dans mes bras. Ça remontait... Maintenant tout ce à quoi je pensais c'était à un bébé qui ressemblerait à son père. Pourquoi est-ce que je me torturais ainsi ? C'était absurde. Grayson ne changerait pas d'avis. Je devais l'accepter et passer à autre chose.

Niamh s'arrêta devant les robes de baptême et se mit à faire glisser les cintres sur le portant, les regardant les unes après les autres.

— Ethan et moi avons quelques nouvelles idées pour notre maison. Peut-être que Grayson et toi, vous pourriez vous retrouver pour voir ça.

Elle me jeta un regard par-dessus son épaule.

— À moins que ce soit trop embarrassant pour toi maintenant que vous n'êtes plus que des... amis ?

J'affichai un sourire confiant, en complet décalage avec ce

que je ressentais. Ce ne serait sûrement pas raisonnable de passer autant de temps aussi près de lui. Je doutais soudain de ma capacité à résister aux sensations qu'il faisait naître en moi.

— Ce ne sera pas un problème.

Niamh se saisit d'une longue robe de baptême blanche.

— Qu'en penses-tu ? s'enquit-elle en la tenant devant mes yeux.

Je parvins, malgré mes bras encombrés, à effleurer le tissu finement brodé, imaginant la petite personne qui la porterait dans quelques mois - ma nièce ou mon neveu. C'était une robe de baptême traditionnelle qui pouvait se transmettre génération après génération.

— Je la trouve magnifique.

Elle abaissa le petit vêtement pour me regarder droit dans les yeux.

— On en a parlé avec Ethan, et on voudrait que Grayson et toi soyez le parrain et la marraine.

Je souris pour dissimuler mon malaise. J'étais ravie à l'idée de devenir marraine et je n'aurais refusé pour rien au monde. Mais cela signifiait aussi que je serais régulièrement en contact avec Grayson.

— Oh ! ça me touche tellement, Niamh. Sois sûre que je prendrai mon rôle très au sérieux.

Ma sœur se fendit d'un large sourire en ajoutant la robe de baptême sur la pile de vêtements que j'avais dans les bras.

— C'est réglé, alors. Bon, et si on allait prendre un thé et manger une pâtisserie ?

Pourquoi pas ? Je m'étais mise au thé depuis ma rupture avec Grayson. Le café ne me disait plus rien. Ou plutôt ça me rappelait trop Grayson. Rien que l'odeur me donnait mal au cœur.

En parlant d'odeurs – j'avais conservé son mouchoir. Ce n'était pas du fétichisme ou un truc du genre. Je ne m'étais juste pas résignée à le lui rendre, malgré toutes les occasions que j'avais eues. Je l'avais lavé, repassé, et glissé sous mon oreiller. Et chaque soir, je le serrais dans ma main, comme un enfant se cramponnerait à sa peluche préférée. Pathétique, non ?

Le vendredi suivant, je déclinai l'invitation de mon équipe à sortir prendre un verre et rentrai directement chez moi après le travail. Je n'étais pas d'humeur très sociable, et ma vie n'était tellement pas palpitante que je manquais de sujets de conversations. Elle tournait autour du travail et de l'exercice physique… enfin si courir dix mètres sur les quais pour attraper mon métro trois matins par semaine comptait pour du sport. Et au moins, à l'abri chez moi, je n'étais pas confrontée à tous ces couples amoureux. Toutes leurs démonstrations d'affection étaient comme des coups de couteau dans mon cœur déjà brisé. Pourquoi tout le monde semblait-il si heureux quand moi, j'étais profondément malheureuse ?

Je grignotai sans appétit, puis surfai un moment sans grande motivation sur les plate-formes de streaming sans m'arrêter sur un film ou une série en particulier malgré le large choix.

Je finis par m'asseoir sur la banquette devant ma fenêtre et m'abîmai dans la contemplation de la rue en dessous et des gens qui allaient et venaient. Des couples qui se tenaient par la main, des familles qui promenaient le chien. Je suivis des yeux un couple de jeunes parents qui poussait leur bébé dans une de ces poussettes venues tout droit du siècle dernier avec suspension et grandes roues à rayons chromés. Plus loin, deux personnes âgées, un homme grand et brun tout seul avec un bouquet de fleurs…

Je me redressai, et plissai les yeux, scrutant cette silhouette familière. Ma bouche s'asséchait, mon ventre se serra.

L'homme leva les yeux et accrocha mon regard. Les battements de mon cœur s'affolèrent quand il esquissa un sourire. Je me levai, les jambes aussi chancelantes que celle d'un poulain qui venait de naître. Il ne dut s'écouler que quelques secondes quand la sonnette de l'entrée retentit, mais cela me parut une éternité.

Je repris mon souffle, je ne voulais pas m'emballer, mais c'était difficile de contrôler les élans de mon cœur. J'ouvris la porte et découvris Grayson, un magnifique bouquet de pois de senteur dans la main.

— Salut... dis-je, d'une voix mal assurée.

— Salut. Tu m'invites à entrer ?

Il avait une lueur dans les yeux que je ne lui avais jamais vue. Ses yeux pétillaient et ça lui donnait un air plus jeune.

— Bien sûr.

Je reculai d'un pas et m'écartai pour le laisser entrer. Son parfum fit flamber mon désir, me tourna la tête.

— C'est pour toi, dit-il en me tendant les fleurs.

— Merci.

Je les pris et approchai mon nez dans les pétales colorés et odorants.

— Mmm... Ce sont vraiment mes fleurs préférées.

Je levai les yeux vers lui.

— Un coup de chance ?

Son sourire ironique affola mon cœur.

— Il se peut que Niamh ait lâché au détour d'une conversation que tu les aimais beaucoup.

— Je vais les mettre dans l'eau.

Il me suivit dans la cuisine et je me mis en quête d'un vase. Je le remplis d'eau et arrangeai les pois de senteur, feignant de ne pas être affectée par son regard qui ne me lâchait pas.

— Est-ce qu'Ethan et Niamh t'ont dit qu'ils voulaient

qu'on soit le parrain et la marraine du bébé ? demandai-je en posant le vase au centre de la table de la cuisine.

— Oui.

Je me tournai pour le regarder.

— Ça m'a fait plaisir. On ne me l'avait jamais proposé avant, et toi ?

— Non, mais il y a une première fois à tout, n'est-ce pas ?

— Exact.

Il se rapprocha un peu plus et je retins mon souffle. Être si proche de lui sans pouvoir me blottir contre lui, nouer mes bras autour de sa taille et poser ma tête contre son torse mettait ma volonté à rude épreuve. Mais je n'avais pas envie non plus de me tourner en ridicule. Après tout, ce n'était sans doute qu'une simple visite amicale... Venait-il pour parler de l'avancée des plans de la maison d'Ethan et de Niamh ? Il y avait sans doute tout un tas de raisons qui n'avaient rien à voir avec celle à laquelle j'aspirais.

— Euh... tu es venu chercher ton mouchoir ?

Il me regarda sans comprendre.

— Quel mouchoir ?

— Celui que tu m'as gentiment prêté le soir où ton frère et ma sœur nous ont annoncé leurs fiançailles. J'ai oublié de te le rendre, mentis-je avec aplomb.

— Non, ce n'est pas pour ça que je suis là !

— Oh ! laissai-je échapper, dans un souffle.

— Tu me manques.

Je m'humectai les lèvres, soudain sèches.

— Tu me manques aussi.

OK, je pouvais l'avouer sans me sentir trop fragilisée. Cela ne portait pas vraiment à conséquence. Je scrutai son visage, soudain méfiante. Sauf s'il était juste venu pour me dire qu'il voulait qu'on reste amis. Des amis qui pouvaient avoir des relations sexuelles de temps à autre... Je voulais plus que ça. Beaucoup plus. Je voulais tout.

Il m'attrapa par les poignets d'une main et je laissai échapper un petit bruit d'aise en sentant ses doigts s'enrouler autour des miens. Le désir dans ses prunelles bleues enflamma tous mes sens et me remua jusqu'au creux du ventre.

— Personne ne m'a jamais touché comme tu m'as touché, Ash.

— Oui, euh... nous avons peut-être repoussé les limites au lit.

C'était ça le truc avec moi – pourquoi fallait-il toujours que je fasse de l'humour dès que j'étais nerveuse ?

Grayson laissa échapper un éclat de rire et m'attira contre lui.

— C'est exactement pour ça que je t'aime tant. Tu me fais rire.

Je le dévisageai, ébahie. Mon cœur battait si fort que j'avais l'impression qu'il résonnait comme un tam-tam à mes oreilles.

— Qu'est-ce que tu viens de dire ?

— J'ai dit que tu me faisais rire.

— Non, avant ça...

Il prit mes mains et les pressa contre son torse, là où cognaient les battements de son cœur.

— Je t'aime, Ash.

Je clignai des yeux. Je les clignai à plusieurs reprises. Avais-je bien entendu ? Mon sang bouillonnait dans mes veines, me martelait les tempes. J'eus presque envie de me pincer pour vérifier que je ne rêvais pas.

— C'est bien ce que je pensais avoir entendu. Mais mon cerveau aurait pu me jouer un tour.

— Je l'ai bien dit. Ce que je ressens pour toi est bien réel. Je regrette juste de ne pas l'avoir réalisé plus tôt. Je t'aime tellement. Ces dernières semaines passées sans toi ont été une véritable torture.

Il inclina son visage, s'empara de ma bouche et m'embrassa avec passion, annihilant toutes mes défenses. Quand nous nous séparâmes, nous étions à bout de souffle. Il plongea son regard dans le mien.

— Quand tu m'as ouvert ton cœur le jour du mariage, je n'étais pas prêt à reconnaître ce que je ressentais pour toi. Nous deux, ensemble, c'est l'évidence, ça crève les yeux, et pourtant j'ai refusé de reconnaître notre connexion avant même d'entamer notre liaison. J'étais même déterminé à garder mes distances avec toi, comme si inconsciemment j'avais senti que tu allais me mettre en difficulté et me sortir de ma zone de confort.

Il m'enlaça étroitement et appuya son menton sur le sommet de mon crâne.

— Je n'arrive pas à croire que je t'ai regardée partir sans broncher. Pour être honnête, je me suis senti acculé quand tu t'es mise à nu, vulnérable et confiante. Je n'ai pas eu le courage d'en faire autant.

— Je n'arrive pas à croire que tu m'aimes. Je suis tombée amoureuse dès notre premier baiser. J'ai tellement lutté contre ce que je ressentais pour toi.

— J'ai beaucoup réfléchi à ma vie ces dernières semaines, et à mes erreurs, parce que je n'ai pas voulu assumer mes envies et mes aspirations profondes. Je m'étais convaincu au fil des ans que je n'avais aucune envie de me ranger. J'avais vu mes parents se déchirer dans un divorce douloureux, des amis proches s'éloigner après l'accident d'Ethan.

Il sourit et prit ma joue dans sa main.

— L'amour ne me semblait pas assez solide pour construire ma vie dessus. Je ne voulais pas souffrir comme j'avais vu ma mère et Ethan souffrir. Comme j'avais moi-même souffert. Mais je réalise aujourd'hui qu'il faut savoir prendre des risques parce que la vie est imprévisible. Et quoi de mieux que l'amour pour traverser ce que l'on ne peut prévoir. Le temps que j'ai passé avec toi m'a fait voir combien j'avais de la chance de t'avoir dans ma vie. Ash, je veux t'avoir dans ma vie. Pour toujours.

Il glissa sa main dans sa poche et en sortit un petit écrin noir.

Je gardai les yeux fixés dessus, la gorge serrée.

— Est-ce que c'est ce que je crois que c'est ? dis-je avec humour.

— C'est la bague de ma grand-mère, dit-il en l'ouvrant, sans cesser de sourire. Elle ne l'a pas quittée une seule fois en soixante-deux ans d'un mariage heureux avec mon grand-père. Veux-tu m'épouser, mon ange ?

Je n'arrivais pas à en croire mes oreilles. Et la bague était magnifique – j'aurais pu la choisir.

— Oh ! oui, bien sûr que je veux me marier avec toi !

Il retira la bague de la petite boîte et la glissa à mon doigt. Elle était à ma taille comme si elle avait été faite pour moi. Si ce n'était pas un signe ! Nous étions destinés à être ensemble, et nos familles à être réunies.

— Je dois t'avouer que je ne suis pas fan de longues fiançailles, lâcha-t-il avec un sourire en coin. Et je te rappelle qu'il n'a fallu que deux semaines pour organiser le mariage de Niamh et Ethan.

J'éclatai de rire et nouai mes bras autour de lui.

— Je suis impatiente de devenir ta femme. Mais je n'ai pas besoin d'une église remplie de fleurs ni d'une chorale. Être avec toi suffit à mon bonheur.

— Pourquoi pas Vegas ?

— Ah ah ! Non, je pense plutôt à une plage avec le coucher de soleil en toile de fond pour échanger nos vœux.

— Ça me semble parfait.

Il m'embrassa avec douceur. C'était un baiser qui avait le goût de l'amour et de l'espoir.

— Il y a un sujet dont nous n'avons pas encore parlé. Est-ce que nous aurons des enfants ?

— Tu en veux ?

— Je me suis toujours dit que je n'en aurais pas, et je l'affirmais haut et fort, mais j'y pense beaucoup ces derniers temps. C'est sans doute le fait de voir mon frère se préparer à la paternité, le sentir impatient. C'est une aventure incroyable de devenir parents. Une responsabilité, un privilège aussi ! Il n'y a personne d'autre que toi avec qui je voudrais créer une famille.

Mon cœur enflait dans ma poitrine et il me parut soudain plein à craquer de tout l'amour que je ressentais.

— J'adorerais. Je réagissais comme toi. J'étais persuadée que je ne voulais pas créer de famille, mais c'était parce que je m'étais convaincue que je ne le méritais pas après ce qui était arrivé à Niamh. Mais j'apprends à me pardonner. Je n'étais qu'une enfant quand ma sœur a fait cette terrible chute et cela aurait pu aussi arriver sous la surveillance de ma mère.

Grayson me serra contre lui. Pour la première fois de ma vie, je me sentis à l'abri, en sécurité. Je savais maintenant que nous ferions face ensemble à l'adversité. Nous étions désormais une équipe et nous regardions dans la même direction.

— Tu as réussi à te défaire des douleurs du passé et je suis fier de toi. J'y suis prêt aussi. Nous nous sentirons toujours responsables d'Ethan et de Niamh, je suppose, mais la culpabilité n'a plus de place dans nos vies. On leur doit à eux et on se doit à nous de vivre pleinement, sans regret ni remords.

Il se dégagea, juste assez pour me regarder droit dans les yeux.

— Et le meilleur reste à venir, avec toi à mes côtés.